El cuaderno de Noah

El cuaderno de Noah

Nicholas Sparks

Traducción de Iolanda Rabascall

rocabolsillo

Título original: *The Notebook*

Primera edición: enero de 2012
Tercera edición: septiembre de 2012

Av. Marquès de l'Argentera, 17, pral.
08003 Barcelona.
info@rocabolsillo.com
www.rocabolsillo.com

Impreso por Liberdúplex, S. L. U.
Sant Llorenç d'Hortons (Barcelona)

ISBN: 978-84-92833-71-9
Depósito legal: B. 16.024-2012
Código IBIC: FA

Este libro está dedicado, con amor, a Cathy,
mi esposa y amiga.

Milagros

¿Quién soy? ¿Y cómo acabará esta historia?

Ya ha salido el sol y estoy sentado junto a la ventana empañada por el aliento de toda una vida. Esta mañana voy hecho un auténtico adefesio, con un par de camisas, unos pantalones gruesos y una bufanda enrollada dos veces al cuello, con las puntas metidas dentro de un suéter de lana que me tejió mi hija para mi cumpleaños, hace ya seis lustros. El termostato de la calefacción marca el máximo de su potencia, y a pesar de que a mi espalda hay una pequeña estufa que hace *clic* y ruge y escupe aire caliente como un dragón de un cuento de hadas, mi cuerpo tirita por el frío perpetuo que se ha instalado en mi interior, un frío que se ha ido gestando a lo largo de ochenta años. «Ochenta años», pienso a veces, y aunque acepto mi edad con resignación, todavía me sorprende que no haya vuelto a sentir calor desde que George Bush era presidente. Me pregunto si todos los viejos experimentarán lo mismo.

¿Mi vida? No es fácil de contar. No ha sido tan clamorosamente espectacular como me habría gustado, pero tampoco he sido un tarambana ni he hecho nada grave de lo que deba arrepentirme. Supongo que podría decir que se ha asemejado más bien a unas acciones de bolsa de alto rendimiento: relativamente estable, con más momentos buenos que malos, y con una tendencia general al alza. Una buena compra, sí señor, una adquisición afortunada, y soy consciente de que no todo el mundo puede decir lo mismo. Aunque tampoco quisiera que me malinterpretaran; no soy un tipo especial, de eso estoy seguro. Soy un hombre corriente, con pensamientos corrientes, y he llevado una vida de lo más corriente. Nadie ha erigido un monumento en mi honor y mi nombre pronto caerá en el olvido, pero he amado a una persona con toda el alma, y con eso me basta.

Los románticos lo describirán como una historia de amor; los escépticos, como una tragedia. En mi opinión tiene un poco de ambas cosas, aunque tampoco importa cómo decidan interpretarlo, ya que a fin de cuentas esta historia ha marcado una parte considerable de mi existencia y determinado la senda que he elegido seguir. No me lamento del camino ni de las vicisitudes por las que he pasado, ya tengo suficientes quejas en otros sentidos como para llenar una carpa de circo; pero la vía que he elegido siempre ha sido la más correcta para mí, y no la cambiaría por nada en el mundo.

Por desgracia, el tiempo obstaculiza el trayecto. El camino sigue siendo tan recto como siempre, pero ahora está plagado de rocas y gravilla que se han ido depositando a lo largo de mi vida. Hasta hace tres años habría sido fácil sortearlas, pero ahora me resulta imposible. La enfermedad ha hecho mella en mí; me siento débil y desmejorado, y paso los días como un viejo globo de una fiesta infantil: lánguido, flácido, y deshinchándome cada día un poco más.

Toso y, con los ojos entornados, echo un vistazo al reloj. Ya es la hora. Me levanto del sillón junto a la ventana, cruzo la habitación arrastrando los pies y me detengo delante de la mesa para recoger el cuaderno que tantas veces he leído. Ni siquiera lo miro; me lo coloco bajo el brazo y prosigo mi camino hacia donde sé que he de ir.

Avanzo sobre las baldosas blancas con vetas grises, del mismo color que mi cabello y que el de la mayoría de los que viven aquí. Esta mañana no hay nadie en el pasillo;

todos están en sus habitaciones, solos salvo por la compañía del televisor, pero ellos, al igual que yo, están acostumbrados a la soledad. Con el tiempo uno se acostumbra a todo.

Oigo unos amortiguados gemidos a lo lejos y sé exactamente de dónde provienen. Entonces las enfermeras me ven e intercambiamos sonrisas y saludos. Son mis amigas y hablamos a menudo, pero estoy seguro de que sienten curiosidad por mí y por la situación que me ha tocado vivir. En cuanto las dejo atrás, oigo que empiezan a cuchichear:

—Ahí va otra vez, ojalá hoy todo salga bien —murmuran, aunque no se atreven a decírmelo abiertamente. Estoy seguro de que piensan que me molestaría hablar de eso a primera hora de la mañana, y conociéndome como me conozco, probablemente tengan razón.

Al cabo de un minuto llego a la habitación. Como de costumbre, han colocado un tope en la base de la puerta expresamente para mí, para que se mantenga abierta. Hay dos enfermeras más en la habitación, y ambas me sonríen cuando me ven entrar.

—Buenos días —me saludan en un tono jovial, y dedico unos momentos a preguntarles por sus hijos, por la escuela y por las vacaciones que están a la vuelta de la esquina. Hablamos durante un minuto, aproximadamente, sin prestar atención a los gemidos. Ellas no parecen darse cuenta, supongo que se han acostumbrado, y me temo que yo también.

A continuación, me siento en la silla que parece haber ido adoptando la forma de mi cuerpo. Ya están acabando por hoy: la han vestido, pero ella sigue gimoteando. Cuando se marchen se calmará, lo sé. El trajín de la mañana le provoca desasosiego, y hoy no es ninguna excepción. Por fin las enfermeras abren la cortina y se apartan de la cama. Las dos me sonríen y me dan un apretón en el brazo cuando pasan junto a mí. Me pregunto qué habrán querido expresar con ese gesto.

Me siento y la miro fijamente, pero ella no me devuelve la mirada. Lo comprendo, porque no me reconoce. Para ella no soy más que un completo extraño. Entonces le doy la espalda, inclino la cabeza y rezo en silencio para que Dios me conceda el coraje que sé que voy a necesitar. Siempre he creído devotamente en Dios y en el poder de la oración, aunque, para ser sincero, a pesar de mi fe he elaborado una lista de preguntas que espero me sean contestadas cuando abandone este mundo.

Ahora ya estoy listo. Me pongo las gafas y del bolsillo saco una lupa que deposito sobre la mesa mientras abro el cuaderno. Tengo que humedecerme un par de veces mi artrítico dedo índice para abrir la ajada cubierta por la primera página. Entonces coloco la lupa en la posición adecuada.

Siempre hay un momento, justo antes de empezar a leer, en que el corazón me da un vuelco y me pregunto: «¿Será hoy?». No lo sé, de hecho nunca lo sé de antemano, aunque en el fondo eso tampoco importa. Es la posibilidad lo que me mantiene con esperanza, no la garantía; es como una apuesta que me hago a mí mismo. Y a pesar de que quizás alguien me llame loco o soñador, creo que en la vida todo es posible.

Soy consciente de que las probabilidades, y la ciencia, no están a mi favor, pero la ciencia no posee todas las respuestas, y eso es algo que he aprendido con la experiencia que otorgan los años. Por eso todavía creo en los milagros. Por más que parezcan inexplicables o increíbles, son reales y pueden acaecer sin que importe el orden natural de las cosas. Así pues, una vez más, tal y como hago cada día, empiezo a leer el cuaderno en voz alta, para que ella lo oiga, con la esperanza de que hoy vuelva a cumplirse el milagro que se ha convertido en el aspecto que domina mi vida.

Y quizá, solo quizá, llegue a suceder.

Fantasmas

A principios de octubre de 1946, Noah Calhoun estaba contemplando la puesta de sol desde el cobijo que le confería el porche de su casa de estilo colonial. Le gustaba sentarse allí, al atardecer, especialmente después de haber trabajado todo el día, y dar rienda suelta a sus pensamientos sin una dirección concreta. Constituía su forma de relajarse, una rutina que había aprendido de su padre.

Lo que más le gustaba era contemplar los árboles y su reflejo en el río. Los árboles de Carolina del Norte son preciosos en otoño: verdes, amarillos, rojos, ocres, y cualquier tonalidad intermedia imaginable. Sus fascinantes colores resplandecían al sol y, como de costumbre, Noah Calhoun se preguntó si los anteriores dueños de la casa también habrían pasado los atardeceres sumidos en los mismos pensamientos que él.

La vivienda, construida en 1772, era una de las más antiguas y más grandes de New Bern. En su origen había sido el edificio principal de una plantación en pleno rendimiento, y Noah la había comprado poco después de la guerra y había invertido los últimos once meses y una pequeña fortuna en reconstruirla.

Unas semanas antes, un reportero del periódico de Raleigh había escrito un artículo sobre la casa, cuya restauración, según él, era una de las mejores que había visto. Al menos en lo que concernía al edificio principal. El resto de la finca era otra historia, y precisamente allí era donde Noah pasaba la mayor parte del día.

La casa se asentaba en un terreno de cinco hectáreas, a orillas del río Brices, y Noah estaba reparando la valla de madera que rodeaba los otros tres lados de la finca, comprobando que no estuviera podrida ni carcomida por las termitas, reemplazando postes cuando era necesario. Todavía le quedaba bastante trabajo por hacer, sobre todo en el flanco oeste, y un poco antes, mientras guardaba las herramientas, tomó nota mental de que necesitaba encargar más madera. Después, entró en la casa, bebió un vaso de té frío y se duchó. Siempre se duchaba al atardecer, para que el agua se llevara la suciedad y el cansancio.

Luego se peinó, se puso unos pantalones vaqueros desgastados y una camisa azul de manga larga, se sirvió otro vaso de té y salió al porche, donde se hallaba sentado en esos momentos, igual que todos los días a esa misma hora.

Estiró el brazo por encima de la cabeza, luego hacia ambos lados y, para completar la rutina, hizo varias rotaciones de hombros. Se encontraba a gusto, limpio y fresco. Se sentía físicamente cansado y sabía que al día siguiente los músculos se resentirían, pero estaba muy satisfecho porque había completado prácticamente todo el trabajo que se había propuesto.

Agarró la guitarra y al hacerlo pensó en su padre, en lo mucho que lo echaba de menos. Pasó lentamente el pulgar por las cuerdas, tensó un par de ellas para afinarlas, y luego volvió a pasar el pulgar. Esta vez obtuvo el sonido deseado, así que empezó a tocar una melodía suave, tranquila. Empezó tarareando la música, y después se puso a entonar mientras caía la noche. Tocó y cantó hasta que el sol desapareció y el cielo se tiñó de negro.

Poco después de las siete dejó la guitarra, se instaló en el balancín y empezó a columpiarse. Por pura costumbre, alzó la vista y miró a Orión, la Osa Mayor, Géminis y la Estrella Polar, que titilaban en el cielo otoñal.

Empezó a hacer cuentas mentalmente. Sabía que había invertido casi todos sus ahorros en la casa y que pronto tendría que encontrar trabajo, pero descartó ese pensamiento y decidió disfrutar de los restantes meses que pensaba dedicar a restaurar la finca sin preocuparse por la cuestión económica. Confiaba en que todo saldría bien, como siempre. Además, pensar en dinero lo aburría soberanamente. Hacía tiempo que había aprendido a gozar de las cosas sencillas, cosas que no se podían comprar, y no lograba comprender a los que no compartían este punto de vista. Ese era otro rasgo que había heredado de su padre.

Clem, su perra de caza, se acercó y le olfateó la mano antes de tumbarse a sus pies.

—Hola, bonita, ¿cómo estás? —le preguntó mientras le acariciaba la cabeza con unas suaves palmaditas.

La perra gimoteó mansamente mientras lo miraba con sus ojos redondos y dóciles. Tenía una pata tullida debido a un accidente, pero todavía se movía con bastante agilidad y le hacía compañía en noches tranquilas como aquella.

Noah tenía treinta y un años; no eran demasiados, pero suficientes para sentirse solo. Desde que había regresado a la ciudad no había salido con nadie, ni tampoco había conocido a ninguna chica que le resultara mínimamente atractiva. La culpa era suya, y lo sabía. Había algo que lo apartaba de cualquier mujer que se acercara demasiado, un problema que no estaba seguro de poder remediar por más que lo intentara. A veces, antes de dormirse, se preguntaba si su destino sería pasar solo toda la vida.

La noche transcurría cálida y plácida. Noah escuchó el canto de los grillos y el susurro de las hojas, y pensó que los rumores de la naturaleza eran más reales y le reportaban más emociones que los coches y los aviones. La naturaleza ofrecía mucho más de lo que el hombre tomaba de ella, y sus sonidos evocaban la esencia del ser humano. Durante la guerra, sobre todo después de un combate, era cuando más había pensado en esos sonidos tan simples. «Te ayudarán a evitar que enloquezcas —le había dicho su padre el día que Noah fue reclutado—. Es la música de Dios, y te traerá de vuelta a casa.»

Apuró el té, entró en el comedor, tomó un libro y encendió la luz del porche antes de volver a salir. Tras sentarse de nuevo, fijó la vista en el libro. Era un viejo ejemplar de *Hojas de hierba,* de Walt Whitman, con la cubierta ajada y las páginas manchadas de lodo y agua. Lo había llevado consigo durante toda la guerra; incluso una vez le sirvió de escudo al interceptar una bala.

Acarició la cubierta y le quitó el polvo suavemente. Entonces lo abrió por una página al azar y leyó:

> Esta es tu hora, alma mía; la de tu libre vuelo
> hacia lo indecible.
> Lejos de los libros y del arte, consumido el día
> e impartida la lección,
> entera emerges, silenciosa y contemplativa,
> a considerar los temas que más amas:
> la noche, el sueño, la muerte y las estrellas.

Noah sonrió para sí. Por alguna razón, siempre relacionaba a Whitman con New Bern, y se alegraba de haber regresado. A pesar de haber estado ausente catorce años, aquel era su hogar y conocía a mucha gente en la localidad, la mayoría desde su juventud. No era extraño; como en muchas ciudades del Sur, las personas que vivían allí nunca cambiaban, simplemente envejecían.

Su mejor amigo en esa época era Gus, un negro de setenta años que vivía al final de la calle. Se habían conocido un par de semanas después de que Noah comprara la casa, cuando Gus se presentó con un licor casero y una cacerola con un humeante estofado, y se pasaron la noche emborrachándose y contando batallitas.

Desde entonces, Gus se dejaba caer un par de noches por semana, normalmente hacia las ocho. Con cuatro hijos y once nietos en su casa, necesitaba evadirse de vez en cuando, algo que Noah comprendía perfectamente. Gus solía llevar su armónica, y después de charlar un rato, empezaban a tocar canciones. A veces podían pasarse horas entregados a la música.

Noah había acabado por considerar a Gus como un miembro de la familia. De hecho, después de que su padre falleciera el año anterior, se había quedado solo en el mundo. Era hijo único, su madre había muerto de gripe cuando él tenía dos años, y a pesar de que en una ocasión había estado a punto de casarse, nunca había llegado a hacerlo.

Pero había estado enamorado una vez, de eso no le cabía la menor duda. Una sola vez, y de eso hacía ya mucho tiempo. Aquella experiencia lo había marcado para siempre. El amor perfecto tenía ese poder, y el suyo lo había sido.

Las nubes de la costa empezaron a desplazarse lentamente por el cielo crepuscular, adoptando un tono argénteo con el reflejo de la luna. Mientras se volvían más algodonosas, Noah echó la cabeza hacia atrás y la apoyó en el respaldo de la mecedora. Sus piernas se movían automáticamente, manteniendo un ritmo cadencioso, y como casi cada tarde, sintió que su mente se dejaba llevar por los recuerdos de un cálido atardecer como aquel, catorce años antes.

Fue justo después de su graduación, en 1932, la noche inaugural de la feria de Neuse River. Un hervidero de gente inundaba las calles de la ciudad, divirtiéndose con los juegos de azar y en los bulliciosos puestos ambulantes donde vendían perritos calientes y hamburguesas. La noche era húmeda; no sabía por qué pero Noah recordaba aquel detalle vívidamente. Llegó solo y, mientras deambulaba entre la concurrencia, buscando a algún conocido, vio a Fin y Sarah, dos amigos de la infancia, que departían animadamente con una desconocida. Recordó que pensó que era guapa, y cuando finalmente se acercó, ella lo miró con sus ojos soñadores y ya no los apartó de él.

—Hola —le dijo ella simplemente, al tiempo que le ofrecía la mano—. Finley me ha hablado mucho de ti.

Un inicio de lo más normal, algo que Noah habría relegado al olvido de haberse tratado de cualquier otra chica. Pero mientras le estrechaba la mano y contemplaba aquellos impresionantes ojos de color esmeralda, antes de volver a tomar aire tuvo la certeza de que era la mujer perfecta, la mujer que nunca más volvería a encontrar aunque se pasara el resto de su vida buscando.

Aunque soplaba un vientecillo estival, de repente Noah tuvo la impresión de que aquella brisa inofensiva se había trocado en un poderoso huracán. Fin le explicó que ella estaba pasando el verano en New Bern con su familia porque su padre trabajaba para R. J. Reynolds, y a pesar de que Noah solo asintió con la cabeza, por la forma en que ella lo miró tuvo la impresión de que había acertado al no añadir nada más. Entonces Fin se echó a reír, porque comprendió lo que estaba sucediendo, y Sarah propuso ir a buscar unas latas de Cherry Coke. Los cuatro se quedaron en la feria hasta que ya no quedó nadie y cerraron los puestos ambulantes.

Quedaron para el día siguiente, y también al otro, y pronto se hicieron inseparables. Cada mañana —excepto el domingo, cuando tenía que ir a misa— Noah acababa sus obligaciones lo más rápido posible y luego se dirigía velozmente hacia el parque Fort Totten, donde ella lo estaba esperando. Dado que era una turista y no estaba acostumbrada al ritmo de una ciudad tan pequeña, se pasaban los días haciendo actividades completamente novedosas para ella. Noah le enseñó a atar el anzuelo en el sedal y a pescar percas en las aguas poco profundas, y también la llevó de excursión al bosque Croatan. Navegaron en canoa y presenciaron espectaculares tormentas de verano.

Noah tenía la impresión de que se conocían de toda la

vida, pero también aprendió cosas nuevas. En un baile en el granero de tabaco, fue ella quien le enseñó a bailar el vals y el charlestón, y a pesar de que durante las primeras canciones se pisaron varias veces sin querer, la paciencia de ella obtuvo el fruto deseado, y se pasaron el resto de la noche bailando hasta que los músicos abandonaron sus instrumentos. Después, él la acompañó a casa y, tras darse las buenas noches en el porche, la besó por primera vez, no sin preguntarse por qué habría tardado tanto en hacerlo. Una semana después la llevó a esa casa y, a pesar de su evidente deterioro, le dijo que un día pensaba comprarla y restaurarla. Se pasaron horas hablando de sus sueños —el de Noah de ver mundo, y el de ella, ser una famosa pintora— y en una húmeda noche de agosto, ambos perdieron la virginidad. Cuando ella se fue al cabo de tres semanas, se llevó un pedazo de su corazón. Noah la vio marcharse de la ciudad a primera hora de una lluviosa mañana, tras haberse pasado la noche en vela. Después se fue directamente a su casa e hizo la maleta. La siguiente semana la pasó solo, en la isla Harkers.

Noah se deslizó las manos por el pelo y echó un vistazo al reloj. Las ocho y doce minutos. Se levantó, se acercó a la parte delantera de la casa y escrutó la carretera. Ni rastro de Gus. Noah supuso que ya no acudiría. Regresó al balancín y volvió a mecerse.

Recordó la primera vez que le habló a Gus de ella. Su amigo sacudió la cabeza y se echó a reír.

—Así que ese es el fantasma del que has estado huyendo, ¿eh?

Cuando Noah le preguntó a qué se refería, Gus contestó:

—Ya sabes, los fantasmas del pasado, los recuerdos que gravitan sobre nosotros. Te he estado observando, trabajando día y noche sin descanso, sin apenas darte un respiro. Las personas actúan de ese modo por tres motivos: o bien porque se han vuelto locas, o porque son idiotas, o porque intentan olvidar. Y desde el primer momento he estado seguro de que en tu caso era porque intentabas olvidar, aunque no sabía el qué.

Noah recapacitó sobre las palabras de Gus. Su amigo tenía razón, por supuesto. New Bern era ahora un ámbito embrujado, hechizado por el fantasma de los recuerdos de aquel amor. La veía siempre que pasaba por el parque Fort Totten, el lugar donde solían quedar, o bien sentada en el banco o de pie junto a la verja, sonriente, con la melenita rubia rozándole los hombros y los ojos del color de las esmeraldas. Cuando Noah se instalaba en el porche por la noche con su guitarra, se la imaginaba junto a él, escuchándolo en silencio mientras él entonaba melodías de su infancia.

Y lo mismo sentía cuando iba a la tienda de Gaston, o si pasaba por delante del teatro Masonic, o cuando paseaba por el centro de la ciudad. Por todas partes veía su imagen y encontraba objetos que le recordaban a ella.

Era extraño, y Noah era plenamente consciente de ello. Se había criado en New Bern, había vivido hasta los diecisiete años allí, pero cuando se ponía a pensar en la ciudad, únicamente parecía recordar aquel verano, el tiempo que habían pasado juntos. El resto de los recuerdos constituían simplemente fragmentos, retales de su infancia y adolescencia, y muy pocos —por no decir ninguno— le evocaban algún sentimiento.

Se lo comentó una noche a Gus y su amigo le ofreció una explicación muy simple:

—Mi padre decía que la primera vez que te enamoras te cambia la vida para siempre, y por más que lo intentes, jamás lograrás borrar ese sentimiento tan profundo. Esa chica fue tu primer amor, y hagas lo que hagas, siempre estará presente en tu corazón.

Noah sacudió la cabeza y cuando la imagen de ella empezó a desvanecerse en su mente, retomó la lectura de Whitman. Leyó durante una hora, alzando la vista de vez en cuando para observar los mapaches y comadrejas que correteaban furtivamente cerca del río. A las nueve y media cerró el libro, subió a su habitación y se puso a escribir en su diario, incluyendo tanto observaciones personales como el trabajo que había realizado ese día en la finca. Cuarenta minutos más tarde, ya dormía. *Clem* subió las escaleras y entró en su cuarto, olisqueó a su dueño mientras dormía y luego se puso a dar círculos sobre sí misma hasta que finalmente se tumbó a los pies de la cama hecha un ovillo.

Un poco antes, esa misma tarde, a ciento cincuenta kilómetros de distancia, ella estaba sola, sentada en el balancín del porche en casa de sus padres, con una pierna cruzada debajo del muslo. Al acomodarse había notado que la funda todavía estaba húmeda por el chaparrón que había caído durante la tarde, pero en esos momentos las nubes se estaban disipando y se dedicó a verlas pasar, preguntándose si había tomado la decisión correcta. Se había pasado días indecisa, incluso hasta unas horas antes, pero finalmente se había convencido de que jamás se perdonaría si dejaba escapar aquella oportunidad.

Lon no sabía la verdadera razón del viaje que tenía previsto para el día siguiente. Una semana antes ella le había insinuado que le apetecía ir a comprar antigüedades en la costa. «Solo serán un par de días —le había dicho—, además, necesito tomarme un respiro de los preparativos de la boda.» Se sentía algo culpable por haberle mentido, pero sabía que de ninguna manera podía contarle la verdad. Su viaje no tenía nada que ver con él, y no sería justo pedirle que entendiera sus motivos.

Desde Raleigh era un trayecto fácil, un poco más de dos horas en coche, y llegó antes de las once de la mañana. Se registró en un pequeño hotel en el centro, subió a la habitación y deshizo la maleta, colgó los vestidos en el armario y guardó el resto de sus pertenencias en los cajones. Tomó un almuerzo frugal, le preguntó a la camarera cómo llegar a la tienda de antigüedades más cercana y luego se pasó las siguientes horas comprando. A las cuatro y media ya estaba de vuelta en su habitación.

Se sentó en el borde de la cama, agarró el teléfono y llamó a Lon. Su prometido no podía hablar demasiado rato porque tenía que asistir a un juicio, pero antes de colgar ella le dio el número de teléfono del hotel donde se alojaba y le prometió que volvería a llamarlo al día siguiente. Al colgar se sintió satisfecha. Había sido una conversación rutinaria, nada fuera de lo normal, nada que pudiera despertar las sospechas de Lon.

Hacía casi cuatro años que lo conocía. Fue en 1942, con el mundo en guerra y Estados Unidos desbordado por el conflicto bélico. Todos contribuían de un modo u otro, y ella trabajaba de voluntaria en un hospital en el centro de la ciudad, donde la apreciaban y la necesitaban, pero la labor resultó más ardua de lo que esperaba. Empezaron a llegar los primeros jóvenes soldados heridos, y ella pasaba los días con hombres física y espiritualmente destrozados. Cuando Lon, con su encanto arrollador, se le presentó en una fiesta de Navidad, ella vio en él exactamente lo que necesitaba: alguien con confianza en el futuro y con un sentido del humor que disipaba todos los temores que la asfixiaban.

Lon era atractivo, inteligente y culto, un reputado abogado ocho años mayor que ella, y se dedicaba a su trabajo con pasión, con lo cual no solo iba ganando casos, sino que iba escalando puestos en su profesión. Ella comprendía su empeño en busca del éxito, ya que su padre y casi todos los hombres que conocía en su círculo social estaban cortados por el mismo patrón. Al igual que ellos, Lon había sido educado bajo esa premisa, y en el sistema de castas del Sur del país, el apellido de la familia y el éxito personal constituían a menudo lo más importante para el matrimonio. Para algunos, era lo único que contaba.

Aunque ella se había rebelado contra aquella idea desde niña y había salido con algunos hombres que podrían describirse más bien como balas perdidas, se sintió atraída por el talante tranquilo de Lon y poco a poco se enamoró de él. A pesar de las muchas horas que dedicaba al trabajo, se portaba muy bien con ella. Era todo un caballero, maduro y responsable, y durante aquellos terribles períodos de la guerra en que ella había necesitado tanto apoyo afectivo, él nunca le había fallado. Se sentía segura con él y sabía que él también la amaba, y por eso había aceptado su petición de matrimonio.

Esos pensamientos la hacían sentirse culpable de estar allí, y sabía que lo más sensato sería hacer de nuevo la maleta y marcharse enseguida, antes de que cambiara de idea. Ya lo había hecho otra vez, mucho tiempo atrás, y estaba segura de que si esta vez se marchaba, jamás aunaría fuerzas para volver a intentarlo. Tomó el bolso, dudó unos instantes, y se dirigió a la puerta. Pero la coincidencia la había empujado hasta allí, así que volvió a depositar el bolso sobre la mesa, pensando de nuevo que, si renunciaba a sus planes, siempre se preguntaría qué podría haber sucedido. Y no creía que fuera capaz de vivir con el peso de esa incertidumbre.

Entró en el cuarto de baño y abrió el grifo de la bañera. Tras probar la temperatura del agua, fue al tocador y se quitó los pendientes de oro mientras recorría la habitación en busca del neceser. Lo abrió, sacó una maquinilla de afeitar y una pastilla de jabón, y finalmente se desvistió delante del tocador.

Cuando estuvo totalmente desnuda, se contempló en el espejo. Desde pequeña siempre le habían dicho que era preciosa: tenía el cuerpo firme y proporcionado, con los pechos suavemente redondeados, el vientre plano y las piernas bien torneadas. Había heredado de su madre los pómulos prominentes, la piel suave y el cabello rubio, pero su característica más atractiva era solo suya: tenía unos ojos «como las olas del océano», tal y como Lon solía describirlos.

Tomó la maquinilla y la pastilla de jabón y regresó al cuarto de baño, cerró el grifo, dejó una toalla al alcance de la mano, y se metió en la bañera con cautela.

Se deslizó despacio en el agua hasta quedar totalmente sumergida, disfrutando de la relajante sensación. Había sido un día muy largo y sentía la tensión acumulada en la espalda, pero se alegraba de haber acabado ya con las compras. Tenía que regresar a Raleigh con algo tangible, y sabía que con las cosas que había elegido bastaría. Pensó que debía buscar los nombres de otras tiendas de antigüedades en la zona cerca de Beaufort, pero súbitamente dudó de que eso fuera necesario. Lon no dudaría de su palabra.

Se enjabonó y empezó a afeitarse las piernas. Mientras lo hacía, pensó en sus padres y en lo que opinarían acerca de su comportamiento. Seguramente no lo aprobarían, en especial su madre. Ella jamás había aceptado lo que sucedió el verano que pasaron allí, y tampoco lo aceptaría ahora, por más razones que ella pudiera alegar.

Permaneció un rato más en la bañera antes de ponerse de pie y cubrirse con la toalla. Se dirigió hacia el armario en busca de un vestido y finalmente eligió uno largo de color amarillo, ligeramente escotado, según la moda en el Sur. Se lo puso y se miró en el espejo; se volvió hacia un lado y luego hacia el otro. Le quedaba muy bien y le confería un aspecto muy femenino, pero al final decidió no ponérselo y volvió a colgarlo en la percha.

Eligió otro menos elegante, menos entallado, de color azul cielo, con encaje y abotonado por delante, y aunque no era tan bonito como el primero, le aportaba un aire que le pareció más apropiado.

Se aplicó un poco de maquillaje, solo un toque de sombra en los párpados y rímel para resaltar los ojos. A continuación se puso perfume, sin exceso. Buscó unos pendientes pequeños en forma de aro y se los puso, luego se calzó las sandalias planas de color marrón claro que ya llevaba antes. Se peinó la melena rubia, se hizo un moño y volvió a mirarse en el espejo. «No, es excesivo», pensó, y volvió a soltarse la melena. Mucho mejor.

Cuando hubo acabado, retrocedió unos pasos y se observó con ojo crítico. Estaba bien: ni muy sofisticada ni demasiado informal. No quería excederse. Había pasado mucho tiempo —probablemente demasiado—, y en ese intervalo podían haber sucedido muchas cosas, incluso cosas que ella prefería no considerar.

Bajó la vista, vio que le temblaban las manos y se rio para sí. Qué extraño. Normalmente nunca se ponía nerviosa. Al igual que Lon, siempre mostraba una gran templanza, incluso desde niña. Pensó en que algunas veces su forma de ser le había acarreado muchos problemas, sobre todo cuando había salido con algún chico, ya que solía intimidar a la mayoría de los muchachos de su edad.

Buscó el bolso, las llaves del coche y por último la de la habitación. Jugueteó con ella unos segundos mientras se decía: «Has llegado hasta aquí, no tires la toalla ahora», y ya estaba a punto de salir de la habitación cuando de pronto volvió a sentarse en la cama. Echó un vistazo al reloj. Eran casi las seis de la tarde; sabía que en unos minutos tenía que marcharse, no quería llegar de noche, pero necesitaba un poco más de tiempo.

—¡Maldita sea! —musitó—. ¿Se puede saber qué estoy haciendo aquí? No debería haber venido. No hay ninguna razón para ello.

Pero después de decirlo, supo que no era verdad. Estaba allí por una razón, y no pensaba marcharse sin obtener una respuesta.

Abrió el bolso y rebuscó hasta que encontró una hoja de periódico doblada. Tras sacarla despacio, casi reverentemente, con cuidado para no romperla, la desdobló y se la quedó mirando unos momentos.

—Esta es la razón —se dijo finalmente a sí misma—. Por eso estoy aquí.

Noah se había levantado a las cinco y, fiel a su costumbre, había salido a remar en kayak durante una hora por el río. Cuando acabó, se cambió y se puso ropa de trabajo, calentó unas galletas del día previo, agregó un par de manzanas, y remató el desayuno con dos tazas de café.

A continuación, se puso a trabajar de nuevo en la valla, reparando la mayor parte de los postes que lo requerían. Era el veranillo de San Martín, el termómetro rayaba casi los treinta grados, y a la hora del almuerzo se sentía tan acalorado y fatigado que se alegró de poder tomarse un respiro.

Comió junto al río, contemplando cómo saltaban los peces. Le encantaba verlos saltar tres o cuatro veces antes de surcar el cielo en una especie de vuelo y desaparecer en el agua salobre. Por alguna razón, le satisfacía pensar que el instinto de aquellos peces había permanecido inmutable durante miles y miles de años.

A veces se preguntaba si en el caso de los seres humanos el instinto habría cambiado a lo largo de los siglos, y siempre llegaba a la conclusión de que no lo había hecho. Al menos en lo más básico, en lo más primario. Por lo que sabía, el hombre siempre había sido un ser agresivo, siempre dispuesto a luchar con tal de dominar, de intentar controlar el mundo y todo lo que había en él. La guerra en Europa y Japón era una muestra de ello.

Acabó de trabajar un poco antes de las tres y fue andando hasta un pequeño cobertizo situado cerca del embarcadero. Entró y buscó la caña de pescar, un par de cebos y unos grillos vivos que siempre procuraba tener a mano; luego enfiló hacia el embarcadero, lanzó el anzuelo y tensó el sedal.

Pescar era una actividad que lo invitaba a reflexionar sobre su vida, y esa vez no fue una excepción. Recordó que tras la muerte de su madre había vivido en una docena de casas diferentes y que en esa época tartamudeaba tan exageradamente que los niños se reían de él. Por eso empezó a hablar cada vez menos, y cuando tenía cinco años, dejó de hablar por completo. Cuando le tocó ir al colegio, su profesor pensó que era retrasado y recomendó que lo sacaran de la escuela.

En lugar de eso, su padre tomó cartas en el asunto: hizo que continuara asistiendo a clase y luego, por las tardes, le obligó a ir a la carpintería, a acarrear y apilar madera.

—Está bien que pasemos unas horas juntos —le decía mientras trabajaban codo con codo—, como hacíamos mi padre y yo.

Durante esas horas, su padre le hablaba de pájaros y animales o le contaba historias y leyendas relacionadas con Carolina del Norte. En tan solo unos meses, Noah volvió a hablar, aunque no con absoluta fluidez, y su padre decidió enseñarle a leer con libros de poesía.

—Si aprendes a leer poesía en voz alta, serás capaz de expresar todo lo que quieras —le aseguraba. De nuevo tenía razón, y al cabo de un año Noah dejó de tartamudear.

De todas formas, siguió acudiendo a la carpintería cada día simplemente para estar con su padre, y por las noches leía las poesías de Whitman y Tennyson en voz alta mientras su padre se mecía a su lado en el balancín. No había dejado de leer poesía desde que era niño.

Cuando fue algo mayor, empezó a pasar prácticamente todos los fines de semana y las vacaciones solo. Exploró el bosque Croatan en su primera canoa, siguiendo el curso del río Brices durante más de treinta kilómetros hasta que no pudo continuar, entonces recorrió andando el resto del trayecto hasta la costa. Explorar y acampar al aire libre se convirtieron en su pasión, y se pasaba horas en el bosque, sentado debajo de imponentes robles, silbando distraídamente y tocando la guitarra para castores, gansos y garzas. Los poetas sabían que el aislamiento en la naturaleza, lejos de la gente y de los objetos creados por el hombre, era un saludable ejercicio para el alma, y Noah siempre se identificaba con los poetas.

A pesar de que era un muchacho callado y tranquilo, tantos años acarreando madera lo ayudaron a convertirse en un excelente deportista, y su éxito en esta faceta le reportó popularidad. Disfrutaba jugando al fútbol y practicando atletismo, y a pesar de que la mayor parte de sus compañeros de equipo salían juntos en sus ratos libres, él casi nunca se unía a ellos. De vez en cuando alguien lo tachaba de arrogante, pero en general sus compañeros simplemente pensaban que Noah había madurado más rápido que ellos. Tuvo alguna que otra novia en el instituto, pero ninguna consiguió causarle una fuerte impresión. Salvo una, con la que salió después de graduarse.

Allie. Su Allie.

Recordaba que había hablado con Fin sobre Allie después de aquella primera noche en la feria, y su amigo se había puesto a reír. Entonces, hizo dos predicciones: la primera, que se enamorarían, y la segunda, que no saldría bien.

Notó un leve tirón en el sedal y esperó que fuera una perca, pero el tirón cesó, y después de recoger el carrete y echar un vistazo al cebo, volvió a lanzarlo al agua.

Fin acabó por tener razón en ambos vaticinios. Ella se pasó prácticamente todo el verano inventando excusas para sus padres cada vez que querían verse. No es que Noah no les cayera bien, pero era un chico de baja extracción, demasiado pobre, y ellos jamás accederían a que su hija saliera formalmente con alguien de su condición.

—No me importa lo que piensen mis padres, te quiero y siempre te querré —le decía ella—. Encontraremos la forma de estar juntos.

Pero al final no lo lograron. A principios de septiembre ya habían acabado con la cosecha de tabaco y a Allie no le quedó más remedio que regresar con su familia a Winston-Salem.

—Solo se ha acabado el verano; lo nuestro no —le dijo Noah la mañana en que ella se marchó—. Lo nuestro nunca acabará.

Pero se equivocó. Por una razón que no alcanzaba a comprender, ella jamás respondió a sus cartas.

Al final, Noah decidió marcharse de New Bern para

aclarar las ideas, pero también porque, a causa de la Gran Depresión, era prácticamente imposible ganarse la vida en aquella pequeña ciudad. Primero fue a Norfolk y trabajó en un astillero durante seis meses antes de que lo despidieran, luego se marchó a Nueva Jersey porque oyó que allí había más oportunidades.

Finalmente consiguió un trabajo en una chatarrería, separando el metal del resto de materiales. El propietario, un hombre de origen judío llamado Morris Goldman, quería recoger tanta chatarra como fuera posible, convencido de que la guerra en Europa era inminente y que Estados Unidos se vería nuevamente involucrado en el conflicto. A Noah le traían sin cuidado los motivos que pudiera tener su jefe, él solo se alegraba de tener un empleo.

Los años que había pasado ayudando a su padre en la carpintería lo habían curtido para desempeñar aquella labor tan pesada, y se dedicaba al trabajo con todas sus fuerzas. No solo porque así alejaba a Allie de sus pensamientos durante el día, sino también porque sentía que era algo que tenía que hacer. Su padre siempre le había dicho: «Hay que ganarse el pan con el sudor de la frente, porque lo contrario es robar», y esa era precisamente la actitud que le gustaba a su jefe.

—¡Qué pena que no seas judío! —se lamentaba Goldman—. Excepto por eso, eres un chico estupendo...

Era el mejor cumplido que podía hacerle Goldman.

Pero Noah seguía pensando en Allie, sobre todo por las noches. Le escribía una vez al mes, pero ella nunca le contestaba. Al final decidió escribirle una última carta de despedida y se obligó a sí mismo a aceptar que aquel verano que habían pasado juntos era la única cosa que compartiría con ella en la vida.

Sin embargo, no logró apartarla de su corazón. Tres años después de aquella última misiva, Noah fue a Winston-Salem con la esperanza de encontrarla. Fue a su casa, averiguó que había cambiado de domicilio y, después de hablar con algunos vecinos, llamó por teléfono a la empresa R. J. Reynolds. La recepcionista era nueva y no reconoció el apellido, pero al indagar en los archivos de la empresa descubrió que el padre de Allie se había marchado de la empresa sin dejar ninguna dirección de contacto. Aquel viaje fue la primera y la última vez que Noah intentó buscarla.

Durante los siguientes ocho años, siguió trabajando para Goldman. Al principio era uno más de los doce empleados, pero con el paso de los años, la compañía fue prosperando y Noah recibió un ascenso. En 1940 dominaba el negocio y se encargaba de todas las operaciones, cerrando tratos y dirigiendo una plantilla de treinta trabajadores. La empresa se había convertido en la mayor chatarrería de la Costa Este.

En aquella época salió con varias mujeres, y con una de ellas incluso inició una relación seria. Era una camarera de un restaurante cercano que tenía unos ojos intensamente azules y una sedosa melena negra. A pesar de que estuvieron saliendo dos años y de que juntos pasaron buenos momentos, Noah nunca llegó a sentir por ella lo mismo que por Allie.

No lograba olvidarla.

La camarera era unos años mayor que él, y fue ella quien le enseñó cómo complacer a una mujer: a tocar y besar las partes más sensibles, cómo estimularla, qué frases susurrar... A veces se pasaban todo el día acurrucados en la cama, haciendo el amor de una forma que los satisfacía plenamente a los dos.

Pero ella sabía que no iba a estar con él toda la vida. Hacia el final de su relación, un día le dijo:

—Me gustaría darte lo que buscas, pero no sé qué es. Hay una parte de ti que mantienes cerrada, inaccesible a cualquiera que se te acerque, incluso a mí; es como si en realidad no estuvieras conmigo, como si mentalmente estuvieras con otra persona.

Noah intentó negarlo, pero ella no lo creyó.

—Soy una mujer, sé lo que me digo. A veces, cuando me miras, sé que no me ves a mí sino a otra. Es como si estuvieras esperando que ella se materializara por arte de magia delante de ti y se te llevara lejos de toda esta...

Un mes más tarde, pasó a verlo por el trabajo para decirle que había conocido a otro hombre. Él lo comprendió. Acabaron la relación de forma amistosa, y al cabo de un año, Noah recibió una postal en la que le decía que se había casado. Nunca más volvió a saber de ella.

Mientras vivía en Nueva Jersey, iba a visitar a su padre una vez al año, normalmente en Navidad. Pasaban los días pescando y charlando, y una vez realizaron una excursión a la costa y acamparon cerca de la isla Ocracoke.

En diciembre de 1941, cuando tenía veintiséis años, estalló la guerra, tal y como Goldman había vaticinado. Al mes siguiente Noah entró en el despacho de su jefe para comunicarle su intención de alistarse y se desplazó a New Bern para despedirse de su padre. Cinco semanas más tarde ya estaba en un campo de entrenamiento militar. Poco después recibió una carta de Goldman agradeciéndole todo su trabajo junto con una copia de un certificado que le otorgaba un pequeño porcentaje de la chatarrería en caso de que su propietario decidiera liquidar el negocio.

«Sin ti no lo habría conseguido —rezaba la carta—. Eres el trabajador más competente que jamás he tenido, a pesar de que no seas judío.»

Noah pasó los siguientes tres años con las fuerzas del Tercer Regimiento de Patton, arrastrándose por desiertos en el norte de África y por los bosques de Europa cargado con casi quince quilos de peso a la espalda. Su unidad de infantería siempre estaba cerca de la acción. Vio morir a muchos de sus amigos, que fueron enterrados a miles de kilómetros de sus hogares. Una vez, mientras se hallaba escondido en una trinchera cerca del Rin, imaginó que veía a Allie, y que ella lo protegía.

Recordó el final de la guerra en Europa, y luego, unos

meses más tarde, en Japón. Un poco antes de licenciarse del ejército, recibió una carta de un abogado de Nueva Jersey en representación de Morris Goldman. Tras reunirse con el abogado, supo que su antiguo jefe había fallecido hacía un año y que habían liquidado su negocio, y Noah recibió un cheque por casi setenta mil dólares. Aunque pareciera extraño, la noticia apenas lo conmovió.

A la semana siguiente regresó a New Bern y compró la casa. Recordó el día en que llevó a su padre a ver la finca y le comentó todos los cambios que pensaba hacer. Su padre parecía desfallecido mientras paseaba por la finca, y no paraba de toser y estornudar. Noah se inquietó por su estado de salud, pero el hombre le restó importancia, asegurándole que solo se trataba de una simple gripe.

Antes de un mes, murió de neumonía, y fue enterrado junto a su esposa en el cementerio de la localidad. Noah procuraba pasar por allí a menudo para depositar flores en la tumba, y de vez en cuando dejaba una nota. Y cada noche, sin falta, dedicaba unos momentos a recordar al hombre que le había enseñado las cosas más importantes en la vida y a rezar por él.

Después de recoger el carrete, guardó los utensilios de pesca y regresó a casa. Su vecina, Martha Shaw, se había acercado con unas galletas caseras y tres hogazas de pan recién horneado para agradecerle su ayuda. Su esposo había muerto en la guerra, dejándola con tres niños y una casa en ruinas. Se acercaba el invierno, y una semana antes Noah había pasado varios días en casa de Martha reparando el tejado, cambiando los cristales rotos y sellando las ventanas, y arreglando la estufa de leña. Esperaba que con eso bastara para que pudieran plantar cara al invierno.

Cuando Martha se marchó, Noah se montó en su destartalada camioneta Dodge y fue a ver a Gus. Siempre se detenía en su casa de camino a la tienda de ultramarinos, porque la familia de Gus no tenía coche. Una de sus hijas se montó con él en la camioneta y realizaron las compras en Capers General Store. Cuando Noah regresó a casa, no guardó inmediatamente la comida, sino que se duchó, fue a buscar una Budweiser y un libro de Dylan Thomas, y se sentó en el porche.

Ella todavía no podía creerlo, pese a tener la prueba entre sus manos.

Tres domingos atrás había visto la noticia en el periódico, en casa de sus padres. Había ido a la cocina para prepararse una taza de café, y allí sentado, su padre le había sonreído al tiempo que señalaba una pequeña foto.

—¿Te acuerdas? —le había dicho.

Ella tomó el periódico y, tras echar un vistazo sin mayor interés, algo en la foto le llamó la atención. Entonces la observó sin parpadear.

—No es posible —balbuceó.

Su padre la miró con curiosidad, pero ella no le hizo caso, sino que se sentó y leyó el artículo sin decir una palabra. Ni siquiera se dio cuenta de que su madre se había sentado a la mesa, frente a ella, y cuando finalmente alzó la vista del periódico, descubrió que la contemplaba con la misma expresión que había visto en la cara de su padre unos momentos antes.

—¿Te encuentras bien? —le preguntó su madre por encima de la taza de café—. Te has puesto muy pálida.

Allie no contestó de inmediato. No podía, y fue entonces cuando se dio cuenta de que le temblaban las manos. Allí había empezado todo.

—Y aquí acabará, de una forma u otra —susurró Allie. Dobló de nuevo el recorte de periódico y lo guardó en el bolso mientras recordaba que aquel domingo se había marchado de casa de sus padres con el diario, para poder recortar la noticia con tranquilidad. Por la noche volvió a leerla antes de acostarse, intentando hallar un sentido a aquella coincidencia, y la releyó de nuevo a la mañana siguiente, para asegurarse de que no lo había soñado. Y en ese momento, después de tres semanas de dar largos paseos sola, después de tres semanas de desconcierto, esa era la razón por la que había decidido viajar hasta allí.

Cuando le preguntaban por qué estaba tan distraída, alegaba que se debía al estrés. Era la excusa perfecta; todo el mundo lo comprendía, incluso Lon, y por eso él no se sorprendió cuando ella le comentó que quería marcharse un par de días. Los preparativos de la boda resultaban estresantes; la lista de invitados ascendía a quinientas personas, incluyendo el gobernador, un senador y el embajador de Perú. En su opinión, todo aquello era excesivo, pero su compromiso había sido un notición y había ocupado las páginas de sociedad desde que habían anunciado sus planes de boda seis meses antes. De vez en cuando le entraban ganas de fugarse con Lon para casarse sin tanta parafernalia. Pero sabía que él no accedería porque, como el buen aspirante a político que era, le encantaba ser el centro de atención.

Suspiró y volvió a ponerse de pie.

—Ahora o nunca —susurró. Recogió sus cosas y enfiló hacia la puerta. Se detuvo solo un momento antes de abrirla y bajar las escaleras. El director del hotel le sonrió al verla pasar por su lado, y Allie notó cómo la repasaba por la espalda mientras atravesaba el umbral y se dirigía al coche. Se sentó al volante, se miró una última vez en el espejo, arrancó el motor y giró a la derecha para tomar Front Street.

No le sorprendió constatar que le resultaba fácil orientarse. A pesar de que habían pasado muchos años desde la última vez que había estado allí, no era una ciudad muy grande, y condujo por las calles con la tranquilidad de quien conoce bien el terreno. Después de cruzar el río Trent a través de un vetusto puente levadizo, se adentró en una pista sin asfaltar e inició el tramo final de su viaje.

Seguía siendo un paraje idílico. A diferencia de la zona

de Piedmont, donde ella se había criado, los terrenos allí eran completamente llanos, pero poseían la misma tierra limosa y fértil, perfecta para cosechar algodón y tabaco. Esos dos productos y la madera constituían el principal medio de subsistencia de las ciudades en aquella parte del estado, y mientras recorría la carretera alejándose de la ciudad, se sintió cautivada por la belleza natural que había atraído a los pioneros que se establecieron en aquella región.

No, el territorio no había cambiado, en absoluto. Los rayos del sol se filtraban entre los gigantescos robles y nogales, iluminando los colores otoñales. A su izquierda, un río de color cobrizo viraba hacia la carretera y luego se alejaba antes de confluir con otro río más caudaloso un kilómetro y medio más adelante. La carretera sin asfaltar se abría paso tortuosamente entre las granjas erigidas antes de la guerra de Secesión, y Allie sabía que, para algunos de esos granjeros, la vida no había cambiado desde antes de que nacieran sus padres. La imperturbabilidad del lugar le suscitó un mar de recuerdos, y sintió un nudo en la garganta a medida que iba reconociendo determinados lugares que hacía tanto tiempo que había olvidado.

El sol se levantaba sobre las copas de los árboles a su izquierda y, tras una curva, divisó una vieja iglesia, abandonada durante años pero todavía en pie. Aquel verano la había explorado en busca de algún vestigio de la guerra de Secesión, y al pasar en coche por delante del edificio, los recuerdos cobraron viveza, como si solo hubiera transcurrido un día desde entonces.

Junto a la vereda del río divisó un majestuoso roble, que le suscitó más recuerdos. Tenía el mismo aspecto de entonces, con las ramas bajas y gruesas cubiertas de musgo, extendidas horizontalmente, casi paralelas al suelo. Se vio a sí misma sentada debajo del árbol en un caluroso día de julio con un hombre que la miraba con tal intensidad como para hacer que el resto del mundo se desvaneciera a su alrededor. En ese preciso momento fue cuando se enamoró de él.

Era dos años mayor que ella, y mientras Allie seguía conduciendo despacio por la sinuosa carretera, evocó su rostro. Aparentaba más edad de la que tenía, siempre con aspecto de estar levemente cansado, como un granjero que regresara a casa después de una ardua jornada en el campo. Tenía las manos encallecidas y los músculos de quien trabaja duro para ganarse la vida, y en las comisuras de aquellos ojos oscuros que parecían leerle todos los pensamientos se empezaban a formar las primeras arrugas.

Era alto y fuerte, con el pelo castaño claro, atractivo a su manera, aunque lo que más recordaba era su voz. Aquel día él le había recitado unos poemas, mientras se hallaban tumbados sobre la hierba debajo del árbol, con una dicción suave y fluida, casi de una calidad musical. Era la típica voz de los locutores de radio, y parecía quedar suspendida en el aire mientras leía los poemas. Allie recordó que entornó los ojos para escuchar con más atención, y dejó que las palabras le impregnaran el alma:

> Me atrae, lisonjero, hacia la niebla, hacia el crepúsculo.
> Me alejo como el viento, sacudo mis blancos rizos
> bajo el sol fugitivo...

Él hojeaba viejos libros con las páginas gastadas y dobladas, unos libros que había leído cientos de veces. Continuó leyendo durante un rato, entonces hizo una pausa y los dos se pusieron a charlar. Ella le contó lo que esperaba conseguir en la vida —sus sueños y sus esperanzas para el futuro— y él la escuchó con sumo interés y luego le prometió que intentaría que todo lo que ella esperaba se cumpliera. Y por la forma en que lo dijo, Allie lo creyó, y ya entonces supo lo mucho que él significaba en su vida. De vez en cuando, cuando ella le preguntaba, él le hablaba de sí mismo o le explicaba por qué había elegido un poema en particular y qué pensamientos le inspiraba;

otras veces se limitaba a estudiarla con aquella mirada tan intensa que lo caracterizaba.

Contemplaron la puesta de sol y cenaron bajo las estrellas. Se hacía tarde, y Allie sabía que sus padres se enfadarían si se enteraban de dónde estaba. En ese momento, sin embargo, no le importaba; solo podía pensar en el mágico día que habían pasado juntos, en lo maravilloso que era él, y unos minutos más tarde, mientras caminaban de vuelta a su casa, él le dio la mano y la calidez de su tacto la acompañó durante todo el trayecto.

Tras otra curva, finalmente la divisó a lo lejos. La casa estaba totalmente cambiada. Aminoró la marcha a medida que se acercaba y entró en una larga carretera de tierra, flanqueada de árboles, que ascendía hacia el poderoso imán que la había atraído desde Raleigh.

Condujo despacio, sin apartar la vista de la casa, y respiró hondo cuando lo vio sentado en el porche, mirando con curiosidad el coche que se acercaba. Iba vestido con ropa informal. Desde la distancia que los separaba, Allie pensó que tenía el mismo aspecto que la última vez que lo había visto. Por un momento, cuando la luz del sol iluminó su silueta por la espalda, Noah pareció fundirse con el paisaje.

El coche de Allie siguió avanzando, despacio, hasta que finalmente se detuvo debajo de un roble que proyectaba su sombra sobre la fachada principal de la casa. Dio media vuelta a la llave de contacto, sin apartar los ojos de él, y el motor se paró abruptamente.

Él bajó del porche y se acercó a ella con paso tranquilo. De repente, la vio salir del coche y se le heló la sangre en las venas. Se quedaron mirándose el uno al otro durante un largo rato, sin moverse.

Allison Nelson, una mujer de veintinueve años de la alta sociedad y prometida a otro hombre, buscaba las respuestas que necesitaba saber, y Noah Calhoun, de treinta y un años y soñador, recibía la visita del fantasma que había llegado a dominar su vida.

El encuentro

Continuaron mirándose fijamente, sin moverse.

Él todavía no había dicho nada; parecía tener los músculos paralizados, y por un segundo Allie pensó que no la había reconocido. Súbitamente se sintió culpable por haberse presentado de ese modo, sin avisar. Había imaginado que resultaría más fácil, que sabría qué decir. Pero no era así. Todo lo que se le ocurría le parecía inapropiado, incompleto.

Los recuerdos del verano que habían compartido emergieron de nuevo con fuerza, y mientras lo miraba sin pestañear, se dio cuenta de lo poco que había cambiado desde la última vez que lo había visto. Pensó que tenía buen aspecto. Bajo la camisa holgada, que llevaba metida en la cinturilla de los vaqueros desteñidos, se marcaban los mismos hombros fornidos que Allie recordaba y el ancho torso que se iba estrechando hasta llegar a las esbeltas caderas y el liso estómago. Estaba bronceado, como si se hubiera pasado todo el verano al aire libre, y aunque tenía el pelo un poco más fino y claro que como ella lo recordaba, estaba prácticamente igual que la última vez que estuvieron juntos.

Cuando Allie se sintió finalmente dispuesta, respiró hondo y sonrió.

—Hola. Me alegro de volver a verte.

Aquel comentario pareció sorprender a Noah, que le

dirigió una mirada de asombro. Entonces, después de sacudir levemente la cabeza, empezó a sonreír.

—Yo tam... también —tartamudeó. Se llevó la mano a la barbilla y Allie advirtió que no se había afeitado—. Eres tú, ¿no? Quiero decir..., es que me parece increíble...

Ella advirtió la emoción que traslucía la voz de Noah y de pronto fue plenamente consciente de la situación: estaba allí, de nuevo, con él... Notó un leve calor en el vientre, una sensación primitiva y profunda que la hizo tambalearse un segundo.

Se mantuvo firme para mantener el control. No había imaginado que reaccionaría de ese modo, de hecho no quería que fuera así. Estaba prometida a otro hombre. No había ido hasta allí para eso... y sin embargo...

Sin embargo...

Sin embargo, a pesar de sí misma, los sentimientos fluían libremente y, por un breve momento, le pareció que volvía a tener quince años. Se sintió como no se sentía desde hacía mucho tiempo, como si sus sueños aún pudieran hacerse realidad.

Se sintió como si, finalmente, hubiera llegado a su destino.

Sin decir nada más, se acercaron el uno al otro, de la manera más natural del mundo, y Noah la estrechó entre sus brazos. Se abrazaron con fuerza, materializando el momento, concretándolo, propiciando que aquellos catorce años de separación se disolvieran en el crepúsculo.

Se quedaron así abrazados durante un largo rato antes de que Allie se apartara un poco para mirarlo a los ojos. Desde tan cerca pudo apreciar los cambios que no había detectado al principio. Noah ya no era un muchacho, sino un hombre hecho y derecho. Su cara había perdido la candidez de la juventud, las finas líneas en las comisuras de sus ojos se habían acentuado, y tenía una cicatriz en la barbilla que antes no estaba allí. Era como verlo bajo un nuevo prisma; parecía menos inocente, más cauto, y sin embargo, al sentir su abrazo se dio cuenta de lo mucho que lo había echado de menos desde la última vez que se habían visto.

Cuando finalmente se separaron, los ojos de Allie se llenaron de lágrimas. Ella rio nerviosa, con la respiración agitada, mientras se secaba las lágrimas.

—¿Estás bien? —le preguntó él, aunque su cara reflejaba un millón de preguntas más.

—Lo siento, no quería llorar...

—No pasa nada —dijo, sonriendo—. Todavía no puedo creer que estés aquí. ¿Cómo me has encontrado?

Ella retrocedió un paso, intentando recuperar la compostura, secándose las últimas lágrimas de emoción.

—Hace un par de semanas leí el artículo sobre tu casa en el diario de Raleigh, y sentí la necesidad de venir a verte.

Noah sonrió ampliamente.

—Me alegro de que lo hayas hecho. —Él también retrocedió un paso para observarla—. Estás fantástica, incluso más guapa que antes.

Ella notó que se ruborizaba, igual que le había sucedido catorce años atrás.

—Gracias. Tú también estás muy bien. —Y era verdad. Los años habían sido amables con él.

—¿Qué te trae por aquí? ¿Por qué has venido?

Sus preguntas lograron devolver a Allie al presente y se dio cuenta de lo que podía suceder si no iba con cuidado. Se dijo que no podía permitir que la situación se le fuera de las manos; cuanto más rato estuviera allí con él, más difícil le resultaría. Y no quería que las cosas se complicaran.

Pero esos ojos... Esos ojos oscuros y risueños...

Allie se dio la vuelta y aspiró hondo, preguntándose cómo iba a plantear sus dudas. Por fin aunó el coraje necesario y, con un hilillo de voz, dijo:

—Noah, antes de que llegues a conclusiones erróneas, quiero que sepas que deseaba verte por una razón muy importante para mí. —Hizo una breve pausa—. Tengo que decirte una cosa.

—¿De qué se trata?

Ella desvió la mirada y no contestó inmediatamente, sorprendida de no ser capaz de contárselo abiertamente. En el incómodo silencio, Noah notó una desapacible sensación en el estómago. Fuera lo que fuese, era evidente que no se trataba de una noticia grata.

—No sé cómo decírtelo. Pensé que podría, pero ahora no estoy tan segura...

De pronto el grito agudo de un mapache la interrumpió y *Clem* salió de debajo del porche, ladrando fieramente. Los dos se volvieron hacia la perra, y Allie se alegró de disponer de aquellos segundos de distracción.

—¿Es tuyo? —se interesó.

Noah asintió con la cabeza, notando aún la tensión en el estómago.

—Sí, es mía. Se llama *Clementine*. —Ambos observaron a *Clem* mientras el animal sacudía la cabeza, se desperezaba y luego se encaminaba hacia los ruidos. La expresión de Allie mostró su sorpresa cuando se fijó en la pata tullida.

—¿Qué le ha pasado en la pata? —inquirió, intentando ganar tiempo.

—Un coche la atropelló hace un par de meses. El veterinario del pueblo me llamó para ofrecérmela, porque su dueño ya no la quería. Cuando vi lo que le había pasado, pensé que no podía dejar que la sacrificaran.

—Siempre has tenido un corazón de oro —adujo ella, procurando relajarse. Hizo una pausa y miró más allá de Noah, hacia la casa—. Has hecho un magnífico trabajo de restauración. Ha quedado perfecta; estaba segura de que lo conseguirías.

Noah volvió la cabeza mientras se preguntaba por qué se demoraba Allie con esas trivialidades y qué sería lo que había ido a decirle en realidad.

—Gracias, te lo agradezco. Ha sido un proyecto de gran envergadura, no sé si estaría dispuesto a repetirlo.

—Claro que lo harías —aseveró ella. Allie sabía exactamente lo que él sentía por ese lugar. Conocía bien a

Noah; o, al menos, lo había conocido bien cuando eran adolescentes.

Y con ese pensamiento, se dio cuenta de lo mucho que habían cambiado desde la última vez que se habían visto. Ahora eran dos desconocidos; lo supo con tan solo mirarlo a los ojos. De repente se dio cuenta de que catorce años era mucho tiempo. Demasiado.

—¿Qué pasa, Allie? —Noah volvió a contemplarla, invitándola a mirarlo a los ojos, pero ella continuó con la vista fija en la casa.

—Me estoy comportando como una tonta, ¿verdad? —confesó ella, intentando sonreír.

—¿A qué te refieres?

—A todo esto. A presentarme en tu casa así, de sopetón, sin saber qué decir. Pensarás que estoy loca.

—No estás loca —repuso él en tono conciliador. Le cogió la mano, y ella no la retiró. Mientras permanecían de pie, el uno frente al otro, Noah continuó—: Aunque no sepa el porqué, deduzco que es algo que te incomoda. ¿Quieres que demos un paseo?

—¿Como en los viejos tiempos?

—¿Por qué no? Creo que no nos vendrá mal a ninguno de los dos.

Allie vaciló y miró hacia la puerta de la casa.

—¿Tienes que avisar a alguien?

Él sacudió la cabeza.

—No, a nadie. Vivo solo, con *Clem*.

A pesar de la pregunta, Allie ya había sospechado que no había nadie más en la vida de Noah, y en el fondo no sabía cómo sentirse al respecto. Al constatar su suposición, sin embargo, le resultó aún más difícil expresar lo que quería decirle. Habría sido más fácil de haber habido otra persona en la vida de Noah.

Caminaron hacia el río y tomaron un sendero cerca de la orilla. Ella se soltó de su mano, lo que sorprendió a Noah, y siguieron andando, dejando la debida distancia entre los dos para no rozarse de forma accidental.

Noah la miró. Seguía siendo preciosa, con su brillante melena y la mirada serena, y se movía con tanta elegancia que casi parecía levitar. En su vida había visto a muchas mujeres hermosas, mujeres que le habían llamado la atención, pero cuando las conocía siempre acababa descubriendo que carecían de alguna de las características que encontraba más deseables —inteligencia, seguridad, fortaleza de espíritu y pasión—, unos rasgos en los que encontraba inspiración y a los que él mismo aspiraba.

Noah sabía que ella poseía todas esas virtudes, y mientras paseaban, las intuyó de nuevo, ocultas bajo la superficie. «Un poema viviente», eran las palabras que siempre acudían a su mente cuando intentaba describir a Allie.

—¿Cuándo regresaste? —le preguntó ella mientras ascendían por una pequeña pendiente de hierba.

—El pasado mes de diciembre. Primero trabajé un tiempo en Nueva Jersey, y he estado los últimos tres años en Europa.

Allie lo miró, y sus ojos reflejaron todas sus dudas.

—¿Por la guerra?

Noah asintió, y ella continuó:

—Suponía que te alistarías. Celebro que hayas vuelto sano y salvo.

—Yo también —dijo él.

—¿Estás contento de estar de nuevo en casa?

—Sí, este es mi hogar, el lugar donde me siento a gusto. —Hizo una pausa—. ¿Y tú? —preguntó con suavidad, esperando lo peor.

Transcurrieron unos momentos interminables antes de que Allie decidiera contestar.

—Estoy prometida.

Él bajó la vista y la clavó en el suelo, y de repente se sintió un poco más débil. Así que se trataba de eso; eso era lo que ella quería anunciarle.

—Enhorabuena —la felicitó Noah, preguntándose si lo habría dicho en un tono convincente—. ¿Y cuándo será el gran día?

—Dentro de tres semanas a partir del próximo sábado. Lon quería una boda en noviembre.

—¿Lon?

—Lon Hammond junior. Mi prometido.

Él asintió, sin mostrarse sorprendido. Los Hammond eran una de las familias más poderosas e influyentes del estado, cuya fortuna provenía del algodón. Si bien la muerte de su padre había pasado casi inadvertida, la de Lon Hammond senior había ocupado la portada del periódico.

—He oído hablar de ellos. Su padre erigió un imperio, ¿no es cierto? ¿Lon ha heredado el negocio?

Ella sacudió la cabeza.

—No, es abogado. Tiene su propio bufete en pleno distrito comercial.

—Siendo quien es, seguro que no le faltarán clientes.

—Es verdad; trabaja mucho.

A Noah le pareció captar una nota de reproche en su tono, y formuló la siguiente pregunta casi automáticamente:

—¿Te trata bien?

Allie no contestó inmediatamente, como si reflexionara acerca de esa cuestión por primera vez. Entonces respondió:

—Sí, es un buen hombre. Te caería bien.

Su voz sonaba distante, o por lo menos eso fue lo que a Noah le pareció. Se preguntó si no sería que su mente le estaba jugando una mala pasada, para confundirlo.

—¿Cómo se encuentra tu padre? —se interesó ella.

Él dio un par de pasos antes de contestar.

—Falleció a principios de año, justo después de que yo regresara.

—Lo siento —dijo ella con suavidad, pues sabía lo mucho que significaba para Noah la figura de su padre.

Él asintió y los dos caminaron en silencio durante un rato.

Al llegar a lo alto de la colina, se detuvieron. A lo lejos se distinguía el imponente roble, con el brillante disco solar naranja justo detrás de él. Mientras contemplaba el paisaje, Allie notó la mirada de Noah sobre ella.

—Cuántos recuerdos, ¿eh, Allie?

Ella sonrió.

—Sí. De camino a tu casa, he reconocido ese árbol. ¿Recuerdas el día que pasamos allí?

—Sí —contestó Noah, sin añadir nada más.

—¿Alguna vez piensas en aquel verano?

—Sí, a veces —dijo él—. Normalmente cuando estoy trabajando por esa zona; ahora el roble está dentro de mi finca.

—¿Lo has comprado?

—No podía soportar la idea de que lo convirtieran en armarios de cocina.

Allie se echó a reír, sintiéndose extrañamente complacida.

—¿Sigues leyendo poesía?

Noah asintió.

—Sí, nunca lo he dejado. Supongo que lo llevo en la sangre.

—¿Sabes que eres el único poeta que he conocido en mi vida?

—No soy poeta. Leo poesía, pero no soy capaz de escribir ni un verso, y eso que lo he intentado.

—Digas lo que digas, tú eres un poeta, Noah Taylor Calhoun. —Su voz se suavizó—. Me acuerdo mucho de esa tarde; fue la primera vez que alguien me leyó poesía. De hecho, ha sido la única vez.

El comentario consiguió que ambos volvieran a sumirse en un mar de recuerdos. Dieron media vuelta y emprendieron el camino de regreso a la casa sin prisa, en silencio, por otro sendero que discurría cerca del embarcadero. Mientras el sol descendía un poco más y el cielo se tornaba de color naranja, él le preguntó:

—¿Cuánto tiempo te quedarás?

—No lo sé, no mucho. Quizás hasta mañana o pasado.

—¿Está tu prometido aquí por cuestiones de trabajo?

Allie sacudió la cabeza.

—No, se ha quedado en Raleigh.

Noah enarcó las cejas.

—¿Sabe que estás aquí?

Ella volvió a sacudir la cabeza y respondió despacio:

—No. Le dije que quería ir a comprar antigüedades. Lon no comprendería los motivos que me han llevado a venir.

Noah se quedó sorprendido con la respuesta. Una cosa era que ella hubiera decidido ir a visitarlo, y otra completamente diferente ocultarle la verdad a su prometido.

—No era preciso que vinieras para decirme que te habías prometido. Podrías haberme escrito una carta, o llamado por teléfono.

—Lo sé, pero prefería hacerlo en persona.

—¿Por qué?

Allie vaciló.

—No lo sé... —respondió abatida, y por la forma en que lo dijo, él la creyó.

La gravilla crujió bajo sus pies cuando dieron unos pasos en silencio; entonces le preguntó:

—¿Lo amas?

—Sí —contestó ella automáticamente.

A Noah le dolió aquella respuesta tan contundente, pero de nuevo le pareció detectar algo en su tono, como si en realidad lo hubiera dicho para convencerse a sí misma. Se detuvo y le sujetó los hombros con suavidad para obligarla a mirarlo a la cara. El mortecino sol se reflejaba en los ojos de Allie cuando él le dijo:

—Si de verdad eres feliz y lo amas, no intentaré detenerte para que no regreses con él, pero si una parte de ti alberga alguna duda, entonces no lo hagas. No es la clase de decisión que puedas tomar a medias.

Ella replicó con excesiva premura.

—Sé que he tomado la decisión correcta.

Noah escrutó su rostro un instante, preguntándose si

sería cierto. Entonces asintió y los dos reanudaron la marcha. Al cabo de un instante, Noah murmuró:

—No te lo estoy poniendo fácil, ¿verdad?

Allie sonrió levemente.

—Bueno, la verdad es que no puedo culparte.

—De todos modos, lo siento.

—No tienes que disculparte; no hay ningún motivo para que lo hagas. Soy yo quien debería pedirte perdón. Quizá debería haberte escrito.

Noah sacudió la cabeza.

—Si quieres que te diga la verdad, me alegro de que hayas venido. A pesar de todo, me ha encantado volver a verte.

—Gracias.

—¿Crees que sería posible volver a empezar?

Ella lo miró con curiosidad.

—Has sido la mejor amiga que he tenido en mi vida —prosiguió Noah—. Y me gustaría que conserváramos esa amistad, aunque estés prometida y solo sea por un par de días. ¿Qué te parece si lo intentamos?

Allie ponderó la propuesta, consideró la posibilidad de quedarse o marcharse, y decidió que, puesto que Noah ya estaba enterado de su compromiso formal, no pasaría nada si se quedaba. Al menos no sería un acto inicuo. Sonrió levemente y asintió con la cabeza.

—Me encantaría.

—Perfecto. ¿Qué te parece si cenamos juntos? Conozco un sitio donde sirven el mejor cangrejo de toda la ciudad.

—Me parece genial. ¿Dónde está?

—En mi casa. He tenido las trampas bajo el agua toda la semana, y hace un par de días vi que había capturado unos buenos ejemplares. ¿Qué me dices?

—Me parece una idea estupenda.

Noah sonrió y señaló con el pulgar por encima del hombro.

—Perfecto. Están en el embarcadero; solo tardaré unos minutos.

Allie lo observó mientras se alejaba y notó que la tensión que se había apoderado de ella cuando le comunicó que estaba prometida empezaba a disiparse. Cerró los ojos, se pasó las manos por el pelo y se solazó con la agradable sensación de frescor que le provocaba la brisa en las mejillas. Aspiró hondo, conteniendo el aire unos momentos, y al exhalar sintió que, poco a poco, se liberaba de las tensiones. Al final abrió los ojos y contempló la belleza que la rodeaba.

Siempre le habían gustado los atardeceres como aquel, en que los suaves vientos del sur transportaban un leve aroma a hojas otoñales. Le encantaban los árboles y el rumor que producían. Su musicalidad la ayudó a relajarse aún más. Transcurridos unos momentos, se volvió hacia Noah y lo contempló como si se tratara de un desconocido.

¡Qué guapo era! Incluso después de tantos años...

Lo observó mientras él agarraba una cuerda que se hundía en el agua y empezaba a tirar de ella, y a pesar de la escasa luz natural, distinguió que los músculos de los brazos se le tensaban al alzar la jaula del agua. La dejó colgando por encima del borde del embarcadero un momento y la sacudió para escurrir el agua. Después de depositar la jaula en el suelo, la abrió, empezó a sacar los cangrejos uno a uno y los metió en un balde.

Entonces Allie se dirigió hacia él, escuchando el canto de los grillos, y recordó una lección de la infancia. Contó el número de cantos en un minuto y añadió veintinueve, luego hizo otra operación mental y... «Diecinueve grados», pensó, sonriendo para sí. No sabía si el cómputo era preciso, pero le parecía correcto.

Mientras caminaba, miró a su alrededor y se dio cuenta de que había olvidado la reconfortante sensación de tranquilidad y frescor que imperaba en ese lugar. Por encima del hombro vio la casa a lo lejos. Noah había dejado un par de luces encendidas, y parecía ser la única edificación en las inmediaciones, o al menos la única con electricidad. En esos parajes, lejos de los confines de la población, nada podía darse por sentado. Miles de casas todavía carecían del lujo de la luz eléctrica.

Pisó las tablas del embarcadero y estas crujieron bajo sus pies con un sonido que le recordó al de una lata oxidada. Noah alzó la vista y le guiñó un ojo, antes de retomar la labor de examinar los cangrejos, para asegurarse de que tuvieran el tamaño adecuado. Allie se dirigió hacia la mecedora que había en el embarcadero y la ocupó, tocó el asiento, deslizó una mano por el respaldo. Podía imaginar a Noah allí sentado, pescando, pensando, leyendo. Era una vieja mecedora, maltratada por las inclemencias del tiempo, con un tacto un tanto áspero. Se preguntó cuánto tiempo pasaba allí él solo, y en qué debía pensar en tales momentos.

—Era la mecedora de mi padre —comentó Noah sin alzar la vista, y ella asintió.

Allie vio murciélagos en el cielo, y oyó que las ranas se habían unido a los grillos en su armonía nocturna. Se levantó de la mecedora y se paseó hasta la otra punta del embarcadero, notando una agradable sensación de aislamiento, de soledad. Un impulso la había guiado hasta allí, y por primera vez en tres semanas, se sintió liberada de aquel peso de conciencia. Necesitaba que Noah supiera lo de su compromiso, que lo comprendiera, que lo aceptara —ahora estaba segura de ello—, y mientras pensaba en él, súbitamente recordó algo que habían hecho juntos aquel verano que habían compartido. Deambuló despacio, con la vista fija en el suelo, buscando algo hasta que lo encontró: «Noah quiere a Allie», dentro de un corazón; grabado en la madera del embarcadero unos días antes de que ella se marchara de la ciudad.

La brisa rompió la quietud y Allie cruzó los brazos instintivamente para zafarse de la sensación de repentino frío. Se quedó en esa postura, contemplando alternativamente el mensaje grabado y el río, hasta que oyó que Noah se acercaba a ella y se detenía a su lado. Notó su cercana presencia y su calidez mientras comentaba relajada, con voz somnolienta:

—Qué tranquilo se está aquí...

—Sí. Últimamente vengo muchas veces, para estar cerca del agua. Así me relajo.

—Yo también lo haría, si estuviera en tu lugar.

—Vamos, será mejor que regresemos a casa. Los mosquitos se están poniendo muy pesados y me muero de hambre.

Ya había oscurecido, y Noah enfiló hacia la casa, con Allie a su lado. En el silencio reinante, ella dejó que sus pensamientos vagaran libremente y se sintió levemente mareada mientras recorría el sendero. Se preguntó qué pensaría Noah de su presencia allí, aunque ni siquiera ella misma estaba totalmente segura de saber la respuesta. Cuando llegaron a la casa un par de minutos más tarde, *Clem* los recibió metiendo su hocico húmedo en el lugar menos apropiado. Noah la apartó con un suave empujón y la perra se alejó con la cola entre las patas.

Él señaló hacia el coche.

—¿Necesitas sacar algo?

—No, he llegado al hotel por la mañana y he dejado allí la maleta. —Su voz sonaba diferente, más juvenil, como si el tiempo hubiera retrocedido.

—Perfecto —respondió Noah al tiempo que alcanzaba el porche trasero y subía los peldaños. Depositó el cubo junto a la puerta y luego la guio hasta el interior de la vivienda, directamente hacia la cocina. Estaba justo a la derecha, al entrar, una estancia amplia que olía a madera nueva, con unos grandes ventanales orientados hacia el este, para que el sol de la mañana la bañara con su luz tamizada. Los armarios eran de madera de roble, igual que el suelo. Era una restauración hecha con gusto, nada recargada, como era la práctica habitual en las rehabilitaciones de esa clase de mansiones coloniales.

—¿Te importa que eche un vistazo?

—No, en absoluto. Esta tarde he hecho la compra, y todavía lo tengo todo por ahí. A ver si lo guardo.

Sus ojos se encontraron un segundo. Allie desvió la vista y se dirigió hacia la puerta, pero tuvo la certeza de que él seguía mirándola, y de nuevo sintió aquel leve calor en el vientre.

Durante los siguientes minutos se dedicó a recorrer la casa: entró en todas las habitaciones, donde se fijó en el magnífico trabajo realizado. Cuando terminó, le costaba recordar la casa ruinosa que había visto aquel verano. Bajó las escaleras y se encaminó a la cocina, donde vio a Noah de perfil. Por un instante le pareció que era el mismo joven muchacho de diecisiete años de antaño, y se quedó paralizada durante un segundo antes de reanudar la marcha.

«¡Por Dios, Allie! —se reprendió a sí misma—. Tienes que contenerte; recuerda que estás prometida.»

Noah se hallaba de pie junto a la encimera, frente a un par de puertas abiertas de un armario y con varias bolsas de la compra vacías en el suelo, silbando plácidamente. Sonrió al verla en el umbral mientras se disponía a guardar unas latas en el armario. Allie se detuvo a escasos pasos de él y se apoyó en la encimera, cruzando las piernas a la altura de los tobillos. Sacudió la cabeza, sorprendida por el magnífico trabajo que acababa de presenciar.

—Es increíble, Noah. ¿Cuánto has tardado en realizar esta rehabilitación?

Él apartó la vista de la última bolsa que tenía en las manos.

—Casi un año.

—¿Lo has hecho solo?

Él rio divertido.

—No. Siempre había pensado que lo haría, y de hecho empecé con esa intención. Pero era demasiado trabajo. Habría tardado años, así que acabé por contratar a varios albañiles... mejor dicho, a un montón de albañiles. De todos modos, igualmente ha supuesto un enorme esfuerzo; casi todos los días mi jornada se alargaba hasta pasada la medianoche.

—¿Por qué trabajabas a ese ritmo?

«Fantasmas», le habría gustado contestar, pero no lo hizo.

—No lo sé; supongo que porque quería acabar las obras. ¿Te apetece beber algo antes de que empiece a preparar la cena?

—¿Qué tienes?

—No mucho. Cerveza, té o café.

—Té, por favor.

Noah recogió las bolsas de la compra, luego se dirigió hacia una pequeña despensa junto a la cocina y regresó con una caja de té. Sacó un par de bolsitas y las dejó sobre la encimera antes de llenar la tetera. A continuación, abrió la llave de uno de los quemadores, encendió una cerilla, y Allie oyó el sonido de las llamas cuando cobraron vida.

—Solo tardará un minuto; estos quemadores se calientan muy rápido —comentó él.

—Estupendo.

Cuando la tetera empezó a silbar, Noah llenó dos tazas y le ofreció una a ella.

Allie sonrió y tomó un sorbo, luego señaló con la cabeza hacia la ventana.

—Este espacio debe ser precioso por la mañana, iluminado por los primeros rayos del sol.

Él asintió.

—Quise colocar ventanales en este lado de la casa precisamente por eso, tanto aquí como en el piso de arriba.

—Estoy segura de que tus invitados estarán encantados. A menos que quieran dormir hasta tarde, claro.

—La verdad es que todavía no he invitado a nadie. Desde que murió mi padre, no se me ocurre a quién puedo invitar.

Por el tono de sus palabras, ella sabía que Noah solo

intentaba prolongar la conversación. Sin embargo, Allie se sintió súbitamente triste. Él pareció darse cuenta de aquel cambio de estado de ánimo, pero antes de que ella pudiera detenerse a pensar, cambió de tema.

—Pondré los cangrejos a marinar durante unos minutos antes de cocerlos al vapor —explicó al tiempo que depositaba la taza en la encimera. Se volvió hacia el armario y sacó una olla enorme que colocó en el fregadero para llenarla de agua y luego llevarla hasta los fogones.

—¿Te echo una mano?

Noah contestó por encima del hombro.

—¿Qué tal si cortas unas verduras para freír? Están en la nevera, y en ese armario encontrarás un bol.

Noah señaló con la cabeza hacia un armario cerca del fregadero, y Allie tomó otro sorbo de té antes de dejar la taza en la encimera. Sacó el bol y lo llevó hasta la nevera. En el estante inferior encontró quingombó, calabacines, cebollas y zanahorias. Noah se colocó a su lado delante de la puerta abierta, y ella se apartó para dejarle espacio. Allie captó su fragancia mientras él permanecía de pie junto a ella —limpio, familiar, distintivo— y notó que él la rozaba con el brazo al inclinarse hacia delante para sacar una cerveza y una botella de salsa picante, antes de regresar a los fogones.

Noah abrió la cerveza y la vertió en el agua, luego añadió la salsa picante y unas hierbas aromáticas. Removió el agua para asegurarse de que la mezcla se disolvía por completo y se dirigió a la puerta trasera en busca de los cangrejos.

Se detuvo un momento antes de volver a entrar y contempló a Allie, que troceaba las zanahorias. Mientras la observaba, volvió a preguntarse por qué había decidido ir a verlo justo tres semanas antes de su boda. Su visita seguía siendo un enigma.

Pero entonces recordó que Allie siempre había sido distinta, sorprendente.

Sonrió para sí, recordando su forma de ser genuina,

fiera, espontánea, apasionada, tal y como Noah imaginaba que debían de ser la mayoría de artistas. Y sin lugar a dudas ella era una artista; un talento artístico como el suyo era un don. Recordó que una vez había visto unos cuadros expuestos en un museo de Nueva York y pensó que las obras de Allie no tenían nada que envidiarles.

En el comedor, encima de la chimenea, estaba colgado el cuadro que ella le había regalado antes de marcharse aquel verano. Ella lo había descrito como una imagen de sus sueños, y a él le había parecido extremadamente sensual. Cuando lo contemplaba, algo que hacía a menudo por las noches, detectaba un ardiente deseo en los colores y en las líneas, y si se concentraba debidamente, incluso llegaba a imaginar lo que ella había estado pensando mientras realizaba cada uno de aquellos trazos.

Un perro ladró a lo lejos, y Noah cayó en la cuenta de que llevaba un buen rato junto a la puerta abierta. La cerró con celeridad y se volvió hacia la cocina. Y cuando entró, se preguntó si ella se había dado cuenta de que se había demorado tanto.

—¿Qué tal? —le preguntó, al ver que Allie ya casi había terminado.

—Bien. Ya acabo. ¿Qué más hay para cenar?

—Pan casero.

—¿Casero?

—Lo ha preparado una vecina —explicó mientras colocaba el balde en el fregadero. Abrió el grifo y empezó a lavar los cangrejos, sosteniéndolos bajo el agua y luego dejando que corretearan frenéticamente por la pila mientras lavaba el siguiente. Allie asió su taza y se acercó para observar el espectáculo.

—¿No tienes miedo de que te pinchen cuando los agarras?

—No, solo tienes que sujetarlos así —explicó, haciendo una demostración, y ella sonrió.

—Ah, se me olvidaba que tienes mucha práctica

—New Bern es una localidad pequeña, pero aquí se aprenden cosas que merecen la pena.

Allie se apoyó en la encimera, cerca de él, y apuró la taza de té. Cuando los cangrejos estuvieron listos, Noah los metió en la olla que había en los fogones y se dio la vuelta para hablar con ella mientras se lavaba las manos.

—¿Te apetece que nos sentemos en el porche unos minutos? Quiero dejarlos en remojo durante media hora.

—De acuerdo —respondió Allie.

Noah se secó las manos y los dos salieron al porche trasero. Él encendió la luz antes de atravesar la puerta, y después se sentó en la vieja mecedora, ofreciéndole el balancín nuevo a ella. Cuando vio que su invitada tenía la taza vacía, entró un momento y volvió a salir con otra humeante taza de té y una cerveza para él. Allie aceptó la taza y tomó un sorbo antes de depositarla sobre la mesita.

—Estabas aquí sentado cuando he llegado, ¿verdad?

Noah contestó mientras se acomodaba en la mecedora:

—Sí, me siento aquí cada atardecer; se ha convertido en un hábito.

—No me extraña —repuso ella mientras echaba un vistazo a su alrededor—. ¿A qué te dedicas ahora?

—De momento, lo único que hago es trabajar en la finca, para satisfacer mis necesidades creativas.

—¿Cómo puedes...? Me refiero a...

—Morris Goldman.

—¿Cómo dices?

Él sonrió.

—Mi antiguo jefe en Nueva Jersey. Se llamaba Morris Goldman. Me ofreció una parte de su negocio cuando decidí alistarme en el ejército y murió un poco antes de que me licenciara. Cuando regresé, sus abogados me dieron un cheque que me ha permitido comprar esta casa y rehabilitarla.

Allie rio divertida.

—Siempre decías que hallarías la forma de hacerlo.

Los dos se quedaron sentados en silencio, cada uno perdido de nuevo en sus recuerdos. Allie tomó otro sorbo de té.

—¿Recuerdas la noche en que entramos aquí a hurtadillas, la primera vez que me hablaste de este lugar?

Él asintió, y ella prosiguió:

—Esa noche llegué tarde a casa, y mis padres se enfadaron conmigo. Es como si todavía estuviera viendo a mi padre de pie en el comedor, fumándose un cigarrillo, y a mi madre en el sofá, con el semblante desencajado. Te lo juro, cualquiera habría dicho que se había muerto alguien de la familia. Fue entonces cuando mis padres se dieron cuenta de lo que sentía por ti, y mi madre y yo tuvimos una larga charla aquella noche. Me dijo: «Estoy segura de que crees que no te entiendo, pero te aseguro que te comprendo perfectamente. Solo es que, a veces, nuestro futuro viene impuesto por quienes somos, y no por lo que queremos». Recuerdo que ese comentario me hizo mucho daño.

—Me lo contaste al día siguiente. A mí también me hizo daño. Tus padres me caían bien, y no era consciente de que yo no les gustara.

—No es que no les gustaras, lo que pasa es que no creían que fueras digno de mí.

—Viene a ser más o menos lo mismo.

Había una nota de desánimo en la voz de Noah, y tácitamente ella le daba la razón. Alzó la vista hacia las estrellas mientras se pasaba la mano por la melena, apartando algunos mechones rebeldes de la cara.

—Lo sé. Siempre lo supe. Quizá por eso noto que existe una barrera entre mi madre y yo, cuando hablamos.

—¿Y qué opinas ahora?

—Lo mismo que entonces: que no fue justo. Fue una lección muy dura para mí, descubrir que mi posición social contaba más que mis sentimientos.

Noah sonrió levemente ante su respuesta pero no dijo nada.

—Nunca he dejado de pensar en ti —declaró ella.

—¿De veras?

—¿Y por qué no iba a hacerlo? —Allie parecía genuinamente sorprendida.

—Nunca contestaste a mis cartas.

—¿Me escribiste?

—Docenas de cartas. Te estuve escribiendo durante dos años, y no recibí ni una sola respuesta.

Allie sacudió la cabeza despacio antes de bajar los ojos.

—No lo sabía... —confesó finalmente, sin alterarse, y él comprendió que debió de ser su madre, que había estado pendiente del correo y había retirado las cartas sin que Allie se diera cuenta. Siempre lo había sospechado, y advirtió que Allie llegaba a la misma conclusión.

—Lo que mi madre hizo no estuvo bien, y me entristece que fuera capaz de hacerlo. Pero intenta comprenderla: cuando me marché, probablemente pensó que para mí sería más fácil olvidarte. No se daba cuenta de lo mucho que significabas para mí y, para serte sincera, de hecho ni siquiera sé si ella ha amado a mi padre como yo te he querido a ti. Desde su punto de vista, ella solo procuraba proteger mis sentimientos, y probablemente pensaba que la mejor forma de hacerlo era ocultarme tus cartas.

—No era un asunto de su incumbencia —comentó Noah sin alterarse.

—Desde luego.

—¿Habría sido distinto si hubieras leído mis cartas?

—Por supuesto que sí. En todos estos años siempre me he preguntado qué había sido de ti.

—No, me refiero a lo nuestro. ¿Crees que lo habríamos conseguido?

Allie tardó un momento en contestar.

—No lo sé, Noah. De verdad, no lo sé, y tú tampoco puedes saberlo. No somos los mismos que hace catorce años. Hemos cambiado, hemos madurado. Los dos.

Ella hizo una pausa. Él no respondió, y en el silencio reinante, Allie desvió la vista hacia el río. Entonces admitió:

—Pero sí, Noah, creo que lo habríamos conseguido. Al menos eso es lo que quiero creer.

Él asintió, bajó la vista y se volvió hacia otro lado mientras le preguntaba:

—¿Cómo es Lon?

Ella vaciló; era evidente que no esperaba aquella pregunta. Al oír el nombre de Lon, Allie se sintió de nuevo culpable, y por un momento no supo qué responder. Asió su taza, tomó otro sorbo de té y escuchó el rítmico martilleo de un pájaro carpintero a lo lejos. Entonces contestó rápidamente:

—Lon es guapo y encantador, un hombre de éxito, y la mayoría de mis amigas tienen unos celos casi patológicos. Opinan que es el tipo perfecto, y en muchos sentidos lo es. Se porta muy bien conmigo, me hace reír, y sé que me quiere a su manera. —Hizo una pausa para ordenar sus pensamientos—. Pero siempre a nuestra relación le faltará algo.

Allie se sorprendió al confesarlo, pero en el fondo sabía que era verdad. Y por el modo en que él la miraba, imaginaba que Noah había sospechado la respuesta con antelación.

—¿Por qué?

Ella sonrió débilmente y se encogió de hombros mientras contestaba en voz baja:

—Supongo que todavía anhelo la clase de amor que compartimos aquel verano.

Noah reflexionó un buen rato sobre aquella confidencia, repasando las relaciones que él había tenido desde la última vez que había visto a Allie.

—¿Y tú? —se interesó ella—. ¿Alguna vez piensas en nosotros?

—Todo el tiempo. No puedo remediarlo.

—¿Sales con alguien?

—No —contestó él, sacudiendo la cabeza.

Ambos parecían ensimismados en esos pensamientos, como si, por más que lo intentaran, no lograran apartarlos de su mente. Noah apuró la cerveza, sorprendido de habérsela bebido con tanta rapidez.

—Voy a poner la olla a hervir. ¿Quieres algo?

Ella sacudió la cabeza y Noah entró en la cocina para poner los cangrejos en la olla y el pan en el horno. Sacó harina de maíz para las verduras, las rebozó y puso un poco de manteca en la sartén. Después de bajar el fuego, programó el temporizador y sacó otra cerveza de la nevera antes de volver a salir al porche. Y mientras realizaba todas esas tareas, pensó en Allie y en la clase de amor que ambos echaban de menos.

Allie también estaba pensando: en Noah, en sí misma, en un montón de cosas. Por un momento deseó no estar prometida, pero entonces se reprendió con dureza. No era a Noah a quien amaba; amaba la experiencia que los dos habían compartido en el pasado. Además, era normal que se sintiera de ese modo. Su primer amor, el único hombre con el que había estado... ¿Cómo iba a olvidarlo?

Sin embargo, ¿era normal sentir ese hormigueo cuando él se le acercaba? ¿Era normal confesarle cosas que jamás se atrevería a confiar a nadie más? ¿Era normal haber ido hasta allí a tan solo tres semanas de su boda?

—No, no es normal —musitó para sí mientras contemplaba el cielo nocturno—. En esta situación no hay nada normal.

Noah salió justo en ese momento y ella le sonrió, contenta al verlo porque sabía que con él no tendría tiempo para seguir dándole vueltas a esos incómodos pensamientos.

—Todavía habrá que esperar unos minutos más —apuntó él mientras se sentaba.

—Perfecto, aún no tengo hambre.

Noah la miró directamente a la cara y ella se fijó en la calidez de sus ojos.

—Me alegro de que hayas venido, Allie —comentó.

—Yo también. Aunque estuve a punto de no emprender el viaje.

—Y al final, ¿por qué te decidiste?

Allie habría deseado contestar que se sentía obligada a hacerlo, pero en lugar de eso dijo:

—Para verte, para averiguar qué había sido de ti. Para saber cómo estabas.

Noah se preguntó si eso era todo, pero no quiso insistir. Prefirió cambiar de tema.

—Por cierto, hace rato que quería preguntártelo, ¿todavía pintas?

Ella sacudió la cabeza.

—No, ya no.

Él la miró perplejo.

—¿Por qué no? Tenías mucho talento.

—No sé...

—Vamos, alguna idea tendrás. Lo dejaste por algún motivo.

Noah estaba en lo cierto. Había abandonado la pintura por un motivo.

—Es una larga historia.

—Tenemos toda la noche.

—¿De veras crees que tenía talento? —insistió ella con aire desanimado.

—Ven —le dijo Noah, al tiempo que le ofrecía la mano—, quiero enseñarte una cosa.

Allie se levantó y lo siguió hasta el comedor. Noah se detuvo y señaló el cuadro que colgaba sobre la chimenea. Ella contuvo el aliento, sorprendida de no haberse dado cuenta antes, e incluso más sorprendida al verlo ahí expuesto.

—¡Lo has conservado!

—Por supuesto. Es precioso.

Ella lo miró con escepticismo, y Noah apostilló:

—Me siento vivo cuando lo miro. A veces tengo que acercarme y tocarlo. Es tan real..., las formas, las sombras, los colores... Incluso a veces sueño con él. Es increíble, Allie. Puedo pasarme horas contemplándolo.

—¿Lo dices en serio? —inquirió desconcertada.

—Completamente, te lo aseguro.

Allie guardó silencio.

—No me dirás que nadie te había dicho antes que tienes talento, ¿eh?

—Mi profesor sí —admitió finalmente—, pero supongo que no lo creí.

Noah sabía que había algo más. Allie desvió la vista antes de continuar.

—He pintado y dibujado desde que era niña. Supongo que cuando empecé a tener criterio, pensé que se me daba bien. Y además me divertía. Recuerdo cómo pinté este cuadro aquel verano: dedicaba un rato cada día, retocándolo a medida que nuestra relación cambiaba. Ni tan solo recuerdo cuándo lo empecé o cuál era mi intención al principio pero, de algún modo, la obra evolucionó hasta lo que ahora es.

»Recuerdo que cuando regresé a mi casa, después de aquel verano, no podía dejar de pintar. Creo que era mi forma de superar el intenso dolor. Después estudié Bellas Artes; supongo que era algo que tenía que hacer. Recuerdo que pasaba las horas en el estudio, completamente sola, disfrutando de cada minuto. Me encantaba la sensación de libertad que me invadía al crear una obra, lo feliz que me sentía al producir algo bello. Justo después de licenciarme, mi profesor, que además era crítico de arte en un periódico, me dijo que tenía mucho talento. Me aconsejó que intentara abrirme camino como pintora, pero no le hice mucho caso.

Allie se calló un momento para reorganizar sus pensamientos.

—Mis padres no consideraban adecuado que una persona de mi posición se ganara la vida pintando. Al final tiré la toalla. Hace años que no toco un pincel.

Enmudeció y se quedó mirando el cuadro sin pestañear.

—¿Crees que alguna vez volverás a pintar?

—No estoy segura de que sea capaz de hacerlo; ha pasado mucho tiempo.

—Pero todavía puedes hacerlo. Sé que puedes. Tienes un talento natural que nace directamente de tu alma, no de tus dedos. Es un don que no se puede olvidar. Eso a lo que tantos otros solo aspiran, tú lo tienes. Eres una artista nata, Allie.

Noah pronunció esas palabras con tal sinceridad que ella supo que no las decía simplemente para quedar bien. Él creía de verdad en su talento, y para ella eso significaba más de lo que había esperado. Pero entonces sucedió algo más, algo incluso más poderoso.

¿Por qué sucedió? Allie nunca lo supo, pero fue en ese preciso instante cuando la brecha empezó a estrecharse, la brecha que ella había abierto en su vida para separar el dolor del placer. Y entonces sospechó, aunque tal vez inconscientemente, que en aquella relación con Noah había algo que jamás se había atrevido a admitir.

Pero en ese momento todavía no era plenamente consciente de ello, así que se volvió para mirarlo. Alargó el brazo y le acarició la mano, con inseguridad, con gentileza, sorprendida de que, después de tantos años, él supiera exactamente lo que ella necesitaba oír. Cuando sus ojos se encontraron, Allie se dio cuenta de lo mucho que Noah significaba para ella.

Y por un efímero momento, un minúsculo espacio de tiempo que quedó suspendido en el aire como hacen las luciérnagas en el cielo estival, Allie se preguntó si no habría vuelto a enamorarse de él.

Sonó la alarma del temporizador en la cocina, un insistente *ring*, y Noah se encaminó a la puerta, rompiendo la magia del momento, aunque visiblemente afectado por lo que acababa de pasar entre ellos. Los ojos de Allie le habían hablado, le habían susurrado algo que él anhelaba oír; sin embargo, no podía detener aquella voz que resonaba dentro de su cabeza, la voz de Allie diciéndole que amaba a otro hombre. Maldijo en silencio el temporizador mientras entraba en la cocina y sacaba el pan del horno. Casi se quemó los dedos, soltó la hogaza sobre la encimera y vio que la sartén estaba lista. Echó las verduras y oyó que empezaban a chisporrotear. Entonces, sin dejar de renegar en voz baja, sacó la mantequilla de la nevera, untó varias rebanadas de pan recién cortadas y fundió un poco más para los cangrejos.

Allie, que lo había seguido hasta la cocina, carraspeó incómoda.

—¿Quieres que ponga la mesa?

Noah usó el cuchillo del pan a modo de puntero.

—Sí, te lo agradezco. Encontrarás los platos en ese armario, y los cubiertos y las servilletas de papel ahí. Coge bastantes servilletas, porque las necesitaremos: es imposible comer cangrejos sin pringarse las manos. —No podía mirarla mientras hablaba. No quería constatar que se había equivocado sobre lo que creía que acababa de pasar entre ellos. No quería que fuera un error.

Allie también se estaba preguntando qué era lo que acababa de suceder y, mientras lo hacía, se sintió invadida por una cálida sensación. Mientras buscaba todo lo que necesitaba para la mesa —los platos, los cubiertos y las servilletas, la sal y la pimienta— pensó de nuevo en las palabras que él le había dicho. Cuando lo tenía ya casi todo listo, Noah le pasó el pan, rozándole los dedos levemente.

Él volvió a centrar su atención en la sartén y volteó las verduras. Levantó la tapa de la olla, vio que a los cangrejos todavía les faltaba un minuto y dejó que se cocieran a fuego lento. Había recuperado la compostura, y decidió volver a iniciar una conversación inocua, trivial.

—¿Has comido cangrejos alguna vez?

—Sí, un par de veces, pero solo en ensaladas.

Noah rio.

—Entonces, prepárate para una aventura. Espera un segundo. —Desapareció escaleras arriba, y al cabo de un momento volvió a bajar con una camisa azul marino en las manos que le ofreció a Allie.

—Será mejor que te la pongas. No quiero que te manches el vestido.

Ella se la puso y olió la fragancia que desprendía la tela: el olor a Noah, inconfundible, natural.

—No te preocupes —le dijo él al ver su expresión—. Está limpia.

Ella rio.

—Lo sé. Lo que pasa es que me recuerda nuestro primer encuentro. Aquella noche me ofreciste la chaqueta, ¿te acuerdas?

Noah asintió.

—Sí. Estábamos con Fin y Sarah. Él no paró de propinarme codazos durante todo el camino hasta que llegamos a casa de tus padres, intentando convencerme para que te diera la mano.

—Pero no lo hiciste.

—No —contestó, sacudiendo la cabeza.

—¿Por qué no?

—Por timidez, quizá, o por miedo. No lo sé. En ese momento no me pareció oportuno.

—Ahora que lo pienso, sí que eras un poco tímido.

—Prefiero definirme como «cauto» —replicó él, guiñándole el ojo, y Allie sonrió.

Las verduras y los cangrejos ya estaban listos.

—Ten cuidado, están calientes —le advirtió Noah mientras le pasaba la bandeja, y se sentaron el uno frente al otro en la pequeña cocina de madera. Entonces Allie se dio cuenta de que la tetera estaba todavía en la encimera, así que se levantó y la llevó hasta la mesa. Después de servir unas verduras y una rebanada de pan en cada plato, Noah añadió un cangrejo, y Allie se quedó inmóvil unos momentos, sin apartar la vista del espécimen.

—Menudo bicho.

—Sí, un bicho delicioso —apuntó él—. Mira, te enseñaré cómo se come.

Le hizo una rápida demostración, extrayendo la carne del cangrejo y colocándola en el plato de Allie, de modo que pareció la mar de sencillo. Ella aplastó las patas con excesivo ímpetu la primera vez, y también la segunda, y tuvo que usar los dedos para separar el caparazón de la carne. Al principio se sentía patosa, nerviosa al pensar que él estaba viendo todos los errores que cometía, pero luego comprendió que esos pensamientos eran fruto de su propia inseguridad. Noah no daba importancia a esas pequeñeces; jamás lo había hecho.

—¿Y cómo está Fin? —se interesó ella.

Noah tardó un segundo en contestar.

—Murió en la guerra. Su destructor fue alcanzado por un torpedo en 1943.

—Lo siento. Sé que erais buenos amigos.

Cuando Noah volvió a hablar, su voz parecía distinta, más profunda:

—Sí. Últimamente pienso mucho en él; sobre todo recuerdo la última vez que lo vi. Yo había vuelto a casa para despedirme antes de alistarme, y coincidimos en plena calle. Él era banquero por entonces, como su padre, y a lo largo de la semana siguiente pasé muchas horas con él. A veces tengo la impresión de que fui yo quien lo convenció para que se alistara; no creo que lo hubiera hecho de no haber sabido que yo iba a hacerlo.

—Eso no es justo —repuso ella, sintiéndose mal por haber sacado el tema a colación.

—Tienes razón. Solo es que lo echo de menos, eso es todo.

—A mí también me caía muy bien. Me reía mucho con él.

—Siempre fue un poco payaso.

Allie lo miró con ojitos de niña traviesa.

—Yo le gustaba, ¿lo sabías?

—Sí, él mismo me lo confesó.

—¿Ah, sí? ¿Qué te dijo?

Noah se encogió de hombros.

—Nada, bromas de las suyas: que tenía que ahuyentarte a escobazos, que lo perseguías sin tregua... Esa clase de tonterías.

Ella se rio, divertida.

—¿Y tú lo creíste?

—Pues claro. ¿Por qué no iba a hacerlo?

—Muy típico de los hombres, siempre compinchados. —Allie se inclinó hacia delante y le propinó unos golpecitos acusadores en el brazo con el dedo índice—. Bueno, cuéntame qué has hecho desde la última vez que nos vimos.

Entonces empezaron a charlar, poniéndose al día de sus respectivas vidas. Noah le habló de su marcha de New Bern y su trabajo en el astillero y luego en la chatarrería en Nueva Jersey. Le habló de Morris Goldman con cariño e hizo algún comentario sobre la guerra, aunque evitó dar muchos detalles. También recordó a su padre y confesó lo mucho que lo echaba de menos. Allie le refirió su paso por la universidad, su afición por la pintura y las horas de trabajo voluntario en el hospital. Le habló de su familia y sus amigos, y de las obras de caridad a las que se dedicaba. Ninguno de los dos comentó nada respecto a los chicos y las chicas con los que habían salido durante todos aquellos años. Ni tan solo hablaron de Lon, y a pesar de que los dos repararon en aquella omisión, no lo mencionaron.

Allie intentó recordar la última vez que ella y Lon habían charlado de esa manera. A pesar de que su prometido sabía escuchar y que casi nunca discutían, no era la clase de hombre al que le gustara sentarse a charlar. Al igual que su padre, no se sentía cómodo compartiendo sus pensamientos y sentimientos. Ella había intentado explicarle que necesitaba sentirse más cercana a él, pero lo cierto era que nada había cambiado.

Y ahora, allí sentada, se daba cuenta de lo mucho que echaba de menos ese tipo de relación.

La luna seguía su lento ascenso mientras el cielo se iba oscureciendo más, y sin que ninguno de los dos fuera consciente de lo que sucedía, empezaron a recuperar la confianza, el vínculo de familiaridad que habían compartido ese lejano verano.

Terminaron la cena, ambos satisfechos con el festín, pero sin hablar demasiado. Noah echó un vistazo al reloj y vio que se estaba haciendo tarde. Las estrellas llenaban el cielo y los grillos estaban más sosegados. Lo había pasado muy bien charlando con Allie y se preguntó si había hablado más de la cuenta; también se preguntó qué pensaría ella de su vida, y esperó que no lo juzgara con excesiva severidad.

Noah se puso de pie y volvió a llenar la tetera. Ambos llevaron los platos sucios al fregadero y recogieron la mesa, tras lo cual él sirvió más agua caliente en las dos tazas y añadió una bolsa de té en cada una de ellas.

—¿Te apetece que vayamos otra vez al porche? —sugirió Noah, al tiempo que le ofrecía la taza. Allie asintió y salió primera. Noah cogió una manta, por si ella tenía frío, y ocuparon nuevamente sus puestos, con la manta sobre las piernas de Allie, ambos meciéndose plácidamente. Noah la miró de reojo. ¡Qué bonita era! Y notó una punzada de dolor en el pecho.

Ya que algo había sucedido durante la cena.

No le cabía la menor duda: se había vuelto a enamorar. Lo supo en el momento en que se sentaron el uno frente al otro. Se había enamorado de una nueva Allie, no solo de su recuerdo.

Aunque en realidad nunca había dejado de amarla, y Noah se dio cuenta de que ese era su destino.

—Ha sido una velada estupenda —comentó él con voz dulce.

—Sí —convino ella—, una noche maravillosa.

Noah alzó la vista hacia las estrellas; su titilante luz le

recordó que muy pronto ella tendría que marcharse, y súbitamente sintió un enorme vacío en su interior. No quería que ese momento tocara a su fin, jamás. ¿Cómo podía explicárselo a Allie? ¿Qué podía alegar para convencerla de que se quedara?

Como no lo sabía, optó por no decir nada. En ese momento fue consciente de que había perdido la batalla.

Siguieron meciéndose con un ritmo pausado. Más murciélagos, planeando sobre el río. Las mariposas nocturnas besaban la luz del porche. Noah pensó que en algún lugar había gente haciendo el amor.

—Háblame —dijo ella finalmente, con voz sensual. ¿O de nuevo la mente de Noah le estaba jugando una mala pasada?

—¿Qué quieres que diga?

—Háblame como lo hiciste aquella tarde bajo el roble.

Y Noah lo hizo: recitó antiguos poemas, y con ellos sedujo a la noche. Whitman y Thomas, porque le gustaban las imágenes que empleaban. Tennyson y Browning, porque sus temas le resultaban familiares.

Allie apoyó la cabeza en el respaldo del balancín, entornó los ojos, y cuando él acabó de recitar, notó que se sentía muy cómoda, como más arropada. Y aquella sensación no era solo por los poemas o por su voz, sino por la suma de todo ello, por todo en general. No intentó analizar cada poema, no quería hacerlo, porque la poesía no estaba hecha para ser escuchada de ese modo. La poesía no había sido escrita para ser estudiada, sino para inspirar sentimientos puros, para emocionar de una forma que iba más allá de la comprensión.

Por Noah, Allie había asistido a un recital de poesía que había organizado el departamento de Literatura, mientras estudiaba en la universidad. Se había sentado y escuchado a diferentes personas recitar diferentes poemas, pero no tardó en abandonar la sala, desalentada, ya que nadie parecía transmitir ni poseer la inspiración que los verdaderos amantes de la poesía deberían tener.

Siguieron meciéndose durante un rato, sorbiendo té, en silencio, perdidos en sus pensamientos. El impulso que la había guiado hasta allí había desaparecido, y Allie se alegraba, pero la preocupaban los intensos sentimientos que habían ocupado su lugar, la agitación que había empezado a filtrarse por cada poro de su piel, como el polvo dorado en la orilla de un río. Intentó negarlos, zafarse de ellos, pero se dio cuenta de que tampoco quería que murieran. Hacía muchos años que no se sentía así.

Lon no le suscitaba esas emociones. Nunca lo había hecho, y probablemente nunca lo conseguiría. Quizá por eso nunca se había acostado con él. Él lo había intentado al principio, numerosas veces, recurriendo a mil tácticas, desde regalarle flores hasta a apelar a su culpabilidad, pero Allie siempre se había excusado aduciendo que prefería esperar a que estuvieran casados. Lon pareció comprenderlo, y a veces ella se preguntaba si se sentiría muy herido si algún día descubría lo de Noah.

Pero había algo más que la empujaba a esperar, algo que tenía que ver directamente con Lon. Para él el trabajo era lo más importante, lo único que contaba, y no le quedaba tiempo para poemas ni para mecerse en un porche. Allie sabía que por eso precisamente tenía tanto éxito como abogado, y en parte lo respetaba por su tesón, pero también notaba que con ello no le bastaba. Allie quería algo más, algo diferente; pasión y romanticismo, quizá, o a lo mejor gozar de agradables conversaciones a la luz de las velas, o quizás algo tan sencillo como no sentirse en segundo término.

Noah también estaba perdido en sus pensamientos. Sabía que recordaría aquella noche como uno de los momentos más especiales de su vida. Mientras se mecía, se dedicó a repasar cada detalle de la velada, una y otra vez. Todo lo que Allie había hecho le parecía mágico, cargado de energía electrizante.

Sentado a su lado, se preguntó si ella había compartido los mismos sueños que él durante todos aquellos años que habían estado separados. ¿Alguna vez había soñado que volvían a estar juntos, que se abrazaban y se besaban bajo la luz de la luna? ¿O incluso habría ido más lejos y había soñado con sus cuerpos desnudos?

Noah contempló las estrellas y recordó la infinidad de noches solitarias que había soportado desde la última vez que la había visto. El hecho de encontrarla de nuevo había avivado de nuevo todos aquellos sentimientos, y ahora le parecía imposible contenerlos, confinarlos otra vez a un espacio situado en lo más recóndito de su ser. Y en ese momento supo que quería volver a hacerle el amor, y que quería que ella le correspondiera, amándolo también. Era lo que más necesitaba en el mundo.

Sin embargo, se daba cuenta de que eso era impensable, imposible, ya que ella estaba a punto de casarse con otro hombre.

Allie adivinó por su silencio que Noah estaba pensando en ella, y se sintió halagada. No sabía exactamente cuáles eran sus pensamientos, pero le daba igual; el mero hecho de saber que se referían a ella le bastaba.

Recordó la conversación que habían mantenido durante la cena y volvió a pensar en la soledad. Por alguna razón, no conseguía visualizarlo recitando poesía a nadie más, ni tan solo compartiendo sus sueños con otra mujer. Noah no parecía de esa clase de hombres. O si lo era, ella se negaba a creerlo.

Dejó la taza de té en el suelo y se pasó la mano por la melena al tiempo que entornaba los ojos.

—¿Estás cansada? —le preguntó él, liberándose finalmente de la prisión de sus pensamientos.

—Un poco. Creo que será mejor que me vaya.

—Sí —convino él con tono neutral.

Allie no se incorporó inmediatamente. Tomó un último sorbo de té, solazándose con la calidez de la infusión en la garganta. No quería perderse ningún detalle de aquella noche: la luna, que ahora estaba más alta, el viento en los árboles, la temperatura que empezaba a descender...

Acto seguido miró a Noah. Desde ese ángulo, la cicatriz de la cara era claramente visible. Se preguntó si se la habría hecho en la guerra, si lo habrían herido. Él no había mencionado nada al respecto y ella tampoco lo había preguntado, más que nada porque no quería imaginarlo herido.

—Será mejor que me vaya —repitió, al tiempo que le devolvía la manta.

Noah asintió y se puso de pie sin decir una palabra. Con la manta entre las manos, la acompañó hasta el coche, y las hojas secas crujieron bajo sus pies. Allie empezó a quitarse la camisa que él le había prestado mientras abría la puerta, pero Noah la detuvo.

—Quédatela —le dijo—. Quiero que la conserves.

Ella no le preguntó por qué, pues también deseaba quedársela. Se la acomodó y cruzó los brazos por encima del pecho para protegerse del frío. Por alguna razón, mientras permanecía allí de pie, se acordó de una noche en que también había estado de pie, en el porche de su casa, después de una fiesta en el instituto, esperando recibir un beso.

—Lo he pasado fenomenal —comentó él—. Gracias por haber venido.

—Yo también lo he pasado muy bien —contestó ella.

Noah aunó todo su coraje y se atrevió a preguntar:

—¿Te veré mañana?

Una simple pregunta. Allie sabía cuál debería ser la respuesta, sobre todo si no quería complicarse la vida. Sabía que debería contestar: «No me parece buena idea», y dejar que todo acabara allí, en ese momento. Pero durante unos segundos permaneció en silencio.

No obstante, no le quedaba más remedio que enfrentarse al diablo de la elección, que la azuzaba, la retaba a tomar una decisión. ¿Por qué no podía articular las palabras pertinentes? No lo sabía. Pero al mirar a Noah a los ojos, encontró la respuesta que necesitaba. Vio al hombre del que se había enamorado en el pasado, y de repente se le antojó lo más natural del mundo contestar:

—Me encantaría.

Noah se sorprendió. No había esperado esa respuesta. En ese momento lo asaltó el deseo de tocarla, de estrecharla entre sus brazos, pero se contuvo.

—¿Te parece bien que quedemos aquí a las doce del mediodía?

—Sí, ¿por qué? ¿Qué quieres hacer?

—Ya lo verás —contestó él—. Quiero llevarte a un sitio.

—¿Un sitio que conozco?

—No, pero es muy especial.

—¿Dónde está?

—Es una sorpresa.

—¿Me gustará?

—Te encantará.

Allie se dio la vuelta antes de que él intentara besarla. No sabía si él pensaba hacerlo, pero tenía la certeza de que, si lo hacía, ella no tendría fuerzas para detenerlo. En esos momentos, con todos los sentimientos a flor de piel, no podía correr ese riesgo. Se sentó al volante y suspiró con alivio. Noah cerró la puerta y ella puso el coche en marcha. Mientras el motor se calentaba, bajó la ventanilla.

—Hasta mañana —se despidió ella, con el reflejo de la luz de la luna en sus ojos.

Noah le dijo adiós con la mano mientras ella daba marcha atrás y enfilaba hacia la carretera, para luego alejarse hacia la ciudad. Se quedó mirando el coche hasta que las luces se perdieron detrás de los robles y se desvaneció el ruido del motor. *Clem* se acercó y él se agachó para acariciarla, luego le rascó con suavidad el cuello, especialmente ese punto que ella ya no alcanzaba a rascarse con la pata tullida. Después volvió a mirar hacia la carretera una última vez y los dos juntos regresaron al porche trasero.

Volvió a sentarse en la mecedora, esta vez solo, intentando recrear aquella velada que acababa de culminar, reviviendo cada momento, visualizando cada detalle, escuchando de nuevo su voz, acunado por el lento movimiento de la mecedora. No le apetecía tocar la guitarra, ni tampoco leer. No sabía cómo se sentía.

—Está prometida —musitó finalmente, y durante horas se quedó en un silencio roto únicamente por el ruido de la mecedora. La noche estaba tranquila, con escasa actividad a no ser por *Clem,* que de vez en cuando se le acercaba para controlarlo, como si quisiera preguntarle: «¿Estás bien?».

Y poco después de las doce, en aquella serena noche de octubre, Noah notó que todo se desmoronaba a su alrededor y se sintió desbordado por un incontenible sentimiento de desesperación. Si alguien lo hubiera visto en ese momento, habría pensado que parecía más viejo, como si en tan solo un par de horas hubiera envejecido medio siglo. Un pobre anciano inclinado sobre la mecedora, con la cara hundida entre las manos y lágrimas en los ojos.

No podía parar de llorar.

Llamadas telefónicas

Lon colgó el teléfono.

Había llamado a las siete y luego otra vez a las ocho y media. Volvió a consultar el reloj: las diez menos cuarto.

¿Dónde se había metido Allie?

Sabía que se alojaba en aquel hotel porque unas horas antes había hablado con el director, que se lo había confirmado. El hombre también le había dicho que la había visto por última vez a eso de las seis, cuando salió para ir a cenar, suponía. Y no, desde entonces no había vuelto a verla.

Lon sacudió la cabeza y se recostó en la silla. Todo estaba en silencio. Como de costumbre, a esas horas no quedaba nadie en la oficina. Pero eso era normal en mitad de un juicio, por más que todo apuntara a que iba a ganar el caso. Su trabajo constituía su verdadera pasión, y el hecho de quedarse en el despacho hasta tan tarde y a solas le daba la oportunidad de adelantar asuntos sin interrupciones.

Sabía que iba a ganar el caso porque dominaba todos los aspectos legales y tenía al jurado metido en el bolsillo. Siempre conseguía seducir al jurado, y últimamente casi nunca perdía ningún caso. Parte de su éxito se debía a que podía permitirse el lujo de elegir los casos en los que, por sus conocimientos, tenía más posibilidades de ganar. Había alcanzado ese nivel en su profesión. Solo unos pocos abogados de la ciudad gozaban de ese privilegio, y sus honorarios iban en consonancia con su fama.

Pero la parte más importante de su éxito obedecía a su gran capacidad de trabajo. Siempre había prestado especial atención a los detalles, sobre todo en los primeros años de su carrera profesional. Pequeños matices, aspectos anómalos, y eso se había convertido en un hábito a lo largo de los años que conformaban su experiencia. Ya fuera un asunto legal o una simple presentación, Lon siempre se mostraba diligente en su labor, y al principio de su carrera había ganado unos cuantos casos que todos daban por perdidos.

Y en ese momento le inquietaba un pequeño detalle.

No tenía nada que ver con el juicio, ya que en ese sentido todo iba sobre ruedas.

Era algo relacionado con Allie.

Por desgracia, no sabía exactamente de qué se trataba. Cuando ella se había marchado por la mañana, no se había sentido preocupado, en absoluto; al menos esa era su impresión. Pero después de hablar con ella por teléfono, Lon había tenido un presentimiento extraño. Y todo por un pequeño detalle.

Sí, un detalle.

¿Algo insignificante? ¿Algo importante?

«Piensa... piensa... ¡Maldita sea! ¿De qué se trata?»

Se concentró más.

«Algo... algo... ¿Algo que ha dicho ella?»

¿Algo que había dicho ella? Sí, eso era; estaba seguro. Pero ¿de qué se trataba? Allie había hecho un comentario extraño durante aquella llamada, y Lon repasó la conversación de nuevo. Pero no, nada parecía fuera de lugar.

Y sin embargo, sí había algo anómalo; estaba completamente seguro.

¿Qué había dicho Allie?

Que el viaje había ido bien, que había alquilado una habitación de hotel y que había salido de compras, luego le había dado el número de teléfono del hotel, y nada más.

Pensó en ella. La amaba, no le cabía la menor duda. No solo era bella y encantadora, sino que se había convertido en su más sólido apoyo y en su mejor amiga. Después de un duro día de trabajo, ella era la primera persona a la que se le ocurría llamar. Allie lo escuchaba, reía cuando correspondía hacerlo, y tenía un sexto sentido para detectar lo que él necesitaba oír.

Pero más que eso, Lon admiraba su sinceridad, su franqueza. Recordó que, al principio, después de salir varias veces con ella, le dijo la misma frase que solía soltar a todas las chicas: que no estaba listo para iniciar una relación formal. A diferencia de las demás, Allie se limitó a asentir y le contestó: «Muy bien»; pero de camino a la puerta, se volvió hacia él y le dijo: «Pero tu problema no soy yo, sino tu trabajo, o tu libertad, o las excusas que tú mismo hayas decidido creer. Tu problema es que estás solo. Tu padre hizo célebre vuestro apellido, y probablemente te has pasado toda la vida soportando odiosas comparaciones con él. Nunca has podido ser tú mismo. Llevar esa clase de vida no satisface a nadie, y tú estás buscando una persona que, por arte de magia, sea capaz de llenar el vacío interior que sientes. Y eso es imposible; eso solo puedes lograrlo tú».

Aquellas palabras le martillearon la mente durante toda la noche, y a la mañana siguiente la llamó a primera hora para pedirle que le diera una segunda oportunidad. Después de insistir, ella acabó accediendo.

En los cuatro años de relación, Allie se había convertido en todo lo que él había deseado. Lon sabía que debería pasar más tiempo con ella, pero su trabajo se lo impedía. Y aunque Allie siempre se mostraba comprensiva, en ese momento se sintió culpable por no haberle dedicado más tiempo. Pensaba que, cuando estuvieran casados, restringiría las horas de trabajo; sí, era una promesa que se hacía a sí mismo. Le pediría a su secretaria que organizara su agenda para asegurarse de que no se excedía en su horario, para no tener la impresión de pasar el día en la oficina, de vivir allí...

¿Vivir allí?

Y su mente estrechó más el cerco alrededor del pequeño detalle que lo inquietaba.

Lon clavó la vista en el techo. ¿Vivir allí?

Sí, eso era. Cerró los ojos y permaneció pensativo durante unos segundos. No, nada. Entonces, ¿por qué su mente se había detenido en ese detalle?

«¡Vamos, no me falles ahora! ¡Piensa, maldita sea, piensa!»

«New Bern.»

El nombre apareció en su mente de forma repentina. Sí, New Bern. Eso era. El pequeño detalle, o parte de él. Sin embargo, había algo más...

«New Bern», volvió a pensar, y reconoció el nombre. Había estado en ese pueblo a raíz de varios juicios a los que había asistido, y también se había detenido allí varias veces, de camino a la costa. Nada especial. Él y Allie nunca habían estado allí juntos.

Pero ella sí que había estado antes en esa ciudad...

Poco a poco iba estrechando el cerco del detalle que no encajaba, poco a poco iba tirando del hilo... pero aún había algo más...

Allie, New Bern... y... y... algo que había oído en una fiesta. Un simple comentario que había hecho la madre de Allie. En ese momento no le había dado importancia, pero... ¿qué había dicho la madre de Allie?

Y al recordarlo, al recordar lo que había oído en aquella fiesta, al recordar lo que había dicho la madre de Allie, palideció.

Era algo sobre que Allie había estado enamorada de un chico de New Bern. Su madre lo había descrito como su primer amor. «¡Y qué!», había pensado él al oír el comentario, y se había vuelto para mirar a Allie y le había sonreído.

Pero ella no había sonreído. Más bien estaba furiosa. Y entonces Lon supuso que ella había amado a aquel chico mucho más de lo que su madre creía. Quizás incluso mucho más de lo que lo amaba a él.

Y ahora ella estaba allí. Qué curioso.

Lon juntó las palmas de las manos, como si estuviera rezando, y se las llevó a los labios. ¿Una coincidencia? Quizá no era nada. Podía ser simplemente lo que ella le había dicho; podía ser el estrés y las ganas de desahogarse haciendo compras en varias tiendas de antigüedades. Sí, era posible. Incluso probable.

Sin embargo... ¿Y si...?

Lon consideró la otra posibilidad, y por primera vez en mucho tiempo, sintió miedo.

«¿Y si...? ¿Y si ella está con él?»

Maldijo el juicio; deseó que se hubiera acabado. Deseó haber acompañado a Allie. ¿Le habría dicho la verdad? Esperaba que sí.

Y adoptó la firme decisión de no perderla. Estaba dispuesto a hacer cualquier cosa con tal de tenerla a su lado. Allie era todo lo que él siempre había necesitado, y nunca más encontraría a otra mujer como ella.

Con manos temblorosas, volvió a marcar el número de teléfono por cuarta y última vez aquella noche.

Y, de nuevo, no obtuvo respuesta.

Kayaks y sueños olvidados

A la mañana siguiente, Allie se despertó temprano con el incesante gorjeo de los estorninos, y se frotó los ojos, sintiendo una desagradable rigidez en todo el cuerpo. No había dormido bien; se había despertado varias veces entre sueños, y recordaba haber visto las manecillas del reloj en diferentes posiciones durante la noche, como si hubiese querido comprobar el paso de las horas.

Había dormido con la camisa de Noah y de nuevo captó su fragancia mientras recordaba la velada. Pensó en las risas relajadas y en la conversación distendida, y sobre todo en lo que él le había dicho acerca de su don para el arte. Había sido un comentario tan inesperado, y a la vez tan alentador... Mientras repasaba aquellas palabras mentalmente, se dio cuenta de lo mucho que se habría arrepentido si hubiera decidido no volver a verlo.

Miró por la ventana y contempló a los pájaros alborotadores, que buscaban comida con la primera luz del alba. Sabía que Noah era madrugador y que le gustaba saludar el día con su propio ritual: saliendo a remar en kayak o en canoa. Recordó una mañana que pasó con él en su canoa, contemplando el amanecer. Ese día tuvo que escabullirse por la ventana, porque sus padres no le habrían permitido que fuera, pero al final no la pillaron, y recordó que Noah había deslizado el brazo alrededor de sus hombros y la había estrechado cariñosamente mientras el disco solar se elevaba en el cielo. «Fíjate», le susurró, y ella observó el primer rayo de sol con la cabeza recostada en su hombro, preguntándose si podía haber algo mejor en el mundo que aquel momento.

Saltó de la cama para tomar un baño, sintiendo el suelo frío bajo sus pies, y se preguntó si él habría salido a remar aquella mañana y si habría presenciado el nacimiento de otro nuevo día, y tuvo la certeza de que sí.

Allie tenía razón.

Noah ya estaba de pie antes de que despuntara el alba. Se había vestido rápidamente, con los mismos pantalones vaqueros que la noche anterior, una camiseta, una camisa limpia de franela, una chaqueta azul y unas botas. Se había lavado los dientes antes de bajar a la cocina, había bebido un vaso de leche sin perder ni un segundo y luego había agarrado un par de galletas de camino a la puerta. Después de que *Clem* lo saludara con un par de lametazos inesperados, había enfilado hacia el embarcadero donde guardaba el kayak. Le gustaba entregarse a la irresistible magia del río, notar la creciente tensión en los músculos, el progresivo calor en el cuerpo, y cómo se le iba aclarando la mente.

El viejo kayak, deslustrado y manchado por el agua del río, colgaba de dos ganchos oxidados clavados en el suelo del embarcadero que lo mantenían justo por encima del nivel del agua, a salvo de los percebes. Lo alzó para soltarlo de los ganchos y lo depositó a sus pies, lo inspeccionó rápidamente y luego lo llevó hasta la orilla. Con un par de movimientos avezados que revelaban un gran dominio, fruto de las muchas horas de práctica, colocó la embarcación en el agua y se montó en ella para ejercer de piloto y de motor a la vez.

Notó el aire en la piel, frío, casi incisivo. El cielo se desplegaba como una paleta de colores: una total negrura justo encima de él, como el pico de una montaña, y luego una inacabable gama de azules, que se iban volviendo más claros hasta que alcanzaban la línea del horizonte, donde eran reemplazados por una tonalidad gris. Respiró hondo un par de veces, impregnándose del aroma de los pinos y del agua salobre, y empezó a meditar. Esos momentos tan especiales habían sido una de las cosas que más había echado de menos cuando vivía en el norte. A causa de las largas jornadas laborales, no le quedaba mucho tiempo libre. Acampar, caminar por las montañas, remar en los ríos, salir con chicas, trabajar... algo tenía que sacrificar. Siempre que disponía de tiempo libre, se dedicaba a explorar a pie las zonas rurales de Nueva Jersey, pero durante catorce años no había podido ir en canoa ni en kayak ni una sola vez. Había sido una de las primeras actividades que había retomado cuando regresó.

«Hay algo especial, casi místico, en el hecho de pasar las primeras horas del día en el agua», se dijo a sí mismo, y últimamente lo hacía casi a diario. Tanto le daba que brillara el sol y el cielo estuviera despejado o que hiciera frío y las aguas estuvieran rizadas; él remaba al ritmo de la música que resonaba en su cabeza, desplazándose sobre la superficie de color plomizo. Avistó una familia de tortugas sobre un tronco parcialmente sumergido y observó una garza que levantaba el vuelo, sobrevolando el agua a escasos centímetros antes de desaparecer bajo la luz plateada que precedía al amanecer.

Remó hasta el centro del río, donde presenció la luminosidad anaranjada que empezaba a extenderse por el agua. Aminoró el ritmo, realizando solo los movimientos necesarios para mantenerse en el mismo sitio, disfrutando de la vista hasta que la luz empezó a filtrarse entre los árboles. Siempre le gustaba hacer una pausa al despuntar el alba; había un momento en que la panorámica era espectacular, como si el mundo naciera de nuevo. Al cabo, volvió a remar con más dinamismo, para librarse de la tensión y prepararse para el día.

Mientras lo hacía, varias preguntas danzaban en su

mente como gotas de agua en una sartén. Pensó en Lon y en qué clase de hombre era, se preguntó por la relación entre él y Allie, pero sobre todo se preguntó por qué Allie había decidido ir a verle.

Al regresar a su casa, se sintió lleno de energía. Echó un vistazo al reloj y se sorprendió al constatar que había estado casi dos horas fuera. No obstante, era consciente de que el tiempo pasaba volando cuando salía a remar.

Colgó el kayak para que se secara, realizó estiramientos durante un par de minutos y se dirigió al cobertizo donde guardaba la canoa. La llevó a la orilla y la dejó a escasos metros del agua, y mientras se daba la vuelta hacia la casa, notó cierto entumecimiento en las piernas.

La neblina matutina todavía no se había disipado, y Noah sabía que aquella rigidez en las piernas solo presagiaba una cosa: que iba a llover. Contempló el cielo y a lo lejos vio unos nubarrones de tormenta, compactos y pesados, aún lejanos pero definitivamente presentes. El viento arreciaba con fuerza y empujaba los nubarrones en su dirección. Por su apariencia amenazadora, Noah no quería estar fuera de casa cuando descargaran. Maldición. ¿Cuánto tiempo le quedaba? Unas pocas horas, quizá más. O tal vez menos.

Se duchó, se puso unos pantalones vaqueros limpios, una camisa roja y unas botas negras camperas, se peinó y bajó a la cocina. Lavó los platos de la noche anterior, ordenó un poco la casa, se preparó una taza de café y salió al porche. Ahora el cielo estaba más encapotado y echó un vistazo al barómetro: estable, aunque empezaría a descender rápidamente. El cielo amenazaba tormenta.

Había aprendido a no subestimar jamás el tiempo, y se preguntó si era una buena idea seguir adelante con la excursión planeada. No le importaba la lluvia, pero los relámpagos ya eran otro cantar. Sobre todo en el agua. Una canoa no era el lugar más recomendable ni seguro cuando la atmósfera se cargaba de electricidad.

Apuró el café, y decidió que ya lo decidiría más tarde.

Se acercó al cobertizo y sacó un hacha. Después de examinar el filo ejerciendo presión con el dedo pulgar, lo afiló con una muela hasta que estuvo listo. Su padre siempre le decía: «Un hacha en mal estado es más peligrosa que un hacha bien afilada».

Noah se pasó los siguientes veinte minutos cortando y apilando leña, con golpes certeros. No le costaba ningún esfuerzo, ni tan solo sudaba. Cuando acabó, amontonó unos cuantos troncos a un lado y llevó el resto de la leña al interior, junto a la chimenea.

Contempló el cuadro de Allie y alargó la mano para tocarlo, y con el gesto rememoró el sentimiento de incredulidad que lo había invadido al verla. Por todos los santos, ¿qué tenía esa mujer que lo hacía sentirse de ese modo, incluso después de tantos años? ¿Qué clase de poder ejercía sobre él?

Finalmente se dio la vuelta, sacudiendo la cabeza, y salió otra vez al porche. Examinó el barómetro de nuevo. Ningún cambio, de momento. Entonces echó un vistazo al reloj.

Allie ya no tardaría en llegar.

Allie acababa de bañarse y se estaba vistiendo. Antes había abierto la ventana para comprobar la temperatura. No hacía frío, y decidió ponerse un vestido primaveral de color blanco, manga larga y con el cuello alto. Era suave y cómodo, quizás un poco entallado, pero le quedaba bien, y había elegido un par de sandalias blancas a juego.

Se pasó la mañana caminando por el centro de la ciudad. La Gran Depresión había causado estragos, pero se apreciaban signos de prosperidad por doquier. El teatro Masonic, el más antiguo del lugar, seguía en activo a pesar de su aspecto ruinoso, con un par de películas recientes en cartel. El parque Fort Totten tenía el mismo aspecto que catorce años atrás, y Allie supuso que los niños que jugaban en los columpios antes de ir a la escuela también debían de tener el mismo aspecto. Sonrió ante tales recuerdos, pensando que en aquella época las cosas eran más sencillas. O al menos así se lo parecía.

Ahora, en cambio, nada parecía sencillo. Todo parecía tan improbable en la monotonía de su tediosa vida... Se preguntó qué estaría haciendo en esos momentos si no hubiera visto el artículo en el periódico. No le costó nada imaginarlo, ya que llevaba una vida rutinaria. Era miércoles, y eso significaba jugar al bridge en el club social y después pasarse por la Junior Women's League, la asociación benéfica donde probablemente organizarían otra actividad para recaudar fondos destinados a la escuela pública o el hospital. Luego iría a visitar a su madre y por último regresaría a casa para prepararle la cena a Lon, porque él se había propuesto salir los miércoles del trabajo a las siete. Era la única noche a la semana en la que normalmente se veían.

Ahogó un sentimiento de tristeza, esperando que Lon cambiara algún día. A menudo él se lo prometía, y entonces cumplía durante unas semanas antes de dejarse absorber de nuevo por el mismo horario intempestivo. «Esta noche no puedo, cariño —se excusaba—. Lo siento pero no puedo; te aseguro que te compensaré con alguna sorpresa agradable.»

A Allie no le gustaba discutir con él por ese motivo, básicamente porque sabía que Lon tenía sus razones. Los preparativos para un juicio eran muy exigentes, tanto antes como durante el proceso; sin embargo, a veces no podía evitar preguntarse por qué había dedicado tanto tiempo a cortejarla si ahora no hacía ningún esfuerzo para estar con ella.

Pasó por delante de una galería de arte. Iba tan abstraída en sus pensamientos que casi pasó de largo, pero se detuvo y retrocedió. Se plantó en la puerta un segundo, sorprendida del tiempo que hacía que no entraba en una galería de arte. Por lo menos tres años, o quizá más. ¿Por qué no lo había hecho antes?

Entró en el local —habían abierto las puertas a la misma hora que el resto de las tiendas en Front Street— y examinó los cuadros. Muchos de los artistas eran gente de la localidad, y en sus obras se reflejaba una fuerte atracción por el mar. Numerosas marinas, playas arenosas, pelícanos, viejos veleros, remolcadores, embarcaderos y gaviotas. Pero sobre todo, olas. Olas de todas las formas, tamaños y colores imaginables, y al cabo de un rato, todas empezaron a parecerle iguales. Allie pensó que, o bien aquellos artistas eran una panda de vagos, o todavía no habían hallado la verdadera inspiración.

En una pared, sin embargo, vio varios cuadros más de su gusto. Eran obra de un artista del que nunca había oído hablar, un tal Elayn, y la mayoría parecían estar inspirados en la arquitectura de las islas griegas. En los lienzos que más le llamaron la atención, notó que el autor había exagerado la escena adrede con figuras pequeñas, líneas amplias y gruesos trazos de color, como si el objetivo estuviera desenfocado. Sin embargo, las tonalidades eran vivas y turbulentas, y llamaban la atención de una forma poderosa, casi como guiando el ojo del espectador hacia el siguiente punto en el que tenía que fijarse. Era un estilo dinámico, conmovedor. Cuanto más pensaba en la técnica, más le gustaba, y por un momento consideró la posibilidad de adquirir una de esas obras antes de caer en la cuenta de que, en realidad le gustaban tanto porque le recordaban su propio estilo. Examinó un lienzo más de cerca y se dijo que quizá Noah tenía razón. Quizá debería empezar a pintar de nuevo.

Allie salió de la galería a las nueve y media y se dirigió a Hoffman-Lane, unos grandes almacenes en plena calle comercial. Necesitó unos minutos para encontrar lo que buscaba, pero allí estaba, en la sección del material escolar. Papel, lápices de colores y carboncillos, no de gran calidad pero sí aceptables. Con ese material no podía aspirar a realizar una obra maestra, pero al menos era el principio, y se sintió emocionada cuando regresó a la habitación del hotel. Se sentó delante de la mesa y empezó a dibujar: nada concreto, solo para coger el tranquillo, dejando que las formas y los colores fluyeran de sus recuerdos de juventud. Después de unos minutos de abstracción, realizó un esbozo de la escena de la calle que veía desde su habitación, y se quedó sorprendida de lo poco que le había costado hacerlo. Era como si nunca hubiera dejado de pintar.

Cuando hubo acabado, examinó el dibujo, satisfecha del resultado. Se preguntó qué iba a probar a continuación, y finalmente se decidió. Ya que no disponía de un modelo real, lo visualizó mentalmente antes de empezar. Y aunque le costó más que la escena callejera, los trazos salieron con naturalidad y empezaron a cobrar forma.

Los minutos pasaron deprisa. Allie trabajaba concentrada pero con un ojo puesto en el reloj para no llegar tarde, y acabó el dibujo un poco antes del mediodía. Le había llevado prácticamente dos horas, pero el resultado final la sorprendió. Parecía como si hubiera dedicado mucho más tiempo. Enrolló la hoja, la guardó en una bolsa y recogió el resto de las cosas. De camino a la puerta, se miró en el espejo, sintiéndose extrañamente relajada, sin saber muy bien por qué.

Bajó las escaleras y justo cuando iba a atravesar el umbral, oyó una voz a sus espaldas.

—¡Señorita!

Allie se dio la vuelta, consciente de que la voz se dirigía a ella. Era el director. El mismo hombre del día anterior, que la miraba con palmaria curiosidad.

—¿Sí?

—Anoche recibió varias llamadas.

Allie se quedó perpleja.

—¿Ah, sí?

—Sí. De parte del señor Hammond.

Oh, no.

—¿Lon me llamó?

—Sí, señorita, cuatro veces. Hablé con él la segunda

vez que llamó. Parecía preocupado por usted. Me dijo que es su prometido.

Ella sonrió débilmente, intentando ocultar sus pensamientos. ¿Cuatro veces? ¿Cuatro? ¿Qué podía significar esa insistencia? ¿Y si le había ocurrido algo a alguien de la familia?

—¿Le comentó algo, si se trataba de una emergencia?

El director negó efusivamente con la cabeza.

—No dijo nada, señorita; de hecho, creo que parecía más preocupado por usted.

«Bien», pensó ella. Al menos eso no era tan malo. Y entonces, justo de repente, se le encogió el corazón. ¿Por qué había llamado tantas veces? ¿Acaso se había delatado con algo que había dicho? ¿A qué venía tanta insistencia? No era propio de Lon.

¿Era posible que lo supiera? No. A menos que alguien la hubiera visto y lo hubiera llamado para contárselo. Pero eso significaba que tendrían que haberla seguido hasta la casa de Noah. Imposible.

Tenía que llamarlo inmediatamente; no podía quedarse con la duda. Sin embargo, por alguna extraña razón, no quería hacerlo. Era su tiempo libre, y deseaba disfrutarlo haciendo lo que le viniera en gana. No había planeado hablar con él hasta más tarde, y tenía la impresión de que el día se echaría a perder si lo llamaba. Además, ¿qué le iba a decir? ¿Cómo iba a explicarle que había estado fuera del hotel hasta tan tarde? ¿Le diría que había cenado a última hora y que luego había salido a pasear? Quizá. ¿O que había ido al cine? O...

—¿Señorita?

«Es casi mediodía —pensó Allie—. ¿Dónde lo encontraré? En su despacho, probablemente... ¡No! ¡En el juzgado!», concluyó, y súbitamente se sintió como si le hubieran quitado un gran peso de encima. No habría manera de contactar con él, por más que se lo propusiera. Se quedó sorprendida de sus sentimientos. No debería sentirse de ese modo, lo sabía, y sin embargo no le importaba. Consultó el reloj de pulsera con un exagerado porte de preocupación y exclamó:

—¡Vaya! ¿De verdad son casi las doce?

El director asintió con la cabeza después de echar un rápido vistazo a su reloj y apuntó:

—Bueno, todavía falta un cuarto de hora.

—¡Lástima! —se excusó ella—. En estos momentos mi prometido está en un juicio. Es abogado, ¿sabe? Así que es imposible localizarlo ahora. Si vuelve a llamar, ¿le podrá decir que he salido de compras y que intentaré telefonearlo más tarde, por favor?

—Por supuesto —contestó el director. Allie podía detectar la curiosidad en sus ojos, como si la estuviera interrogando acerca de dónde había estado la noche anterior. Él sabía exactamente a qué hora había vuelto. Demasiado tarde para una mujer soltera en una pequeña localidad, a Allie no le cabía la menor duda.

—Gracias —dijo ella, sonriendo—. Se lo agradezco mucho.

Al cabo de un par de minutos ya estaba en su coche, conduciendo hacia la casa de Noah, saboreando con antelación lo que le iba a deparar la jornada, con absoluta indiferencia respecto a las llamadas de Lon. El día anterior sí que se habría preocupado, y se habría preguntado a qué venía tanta insistencia.

Mientras Allie cruzaba el puente levadizo tres minutos después de haber abandonado el hotel, Lon llamó desde el juzgado.

Aguas agitadas

Noah estaba sentado en la mecedora, bebiendo té frío, a la espera de captar el ruido del motor, cuando finalmente oyó un coche que ascendía por la carretera. Se levantó del asiento y se quedó observando mientras el automóvil aminoraba la marcha y se detenía justo en el mismo sitio del día anterior: debajo del roble. *Clem* se acercó a la puerta del coche y ladró para saludar a la recién llegada, agitando la cola, y Noah vio que Allie lo saludaba desde el interior del vehículo.

A continuación, se abrió la puerta y ella se apeó, propinó unas palmaditas a *Clem* en la cabeza al tiempo que le susurraba unas palabras mimosas, después se giró y sonrió a Noah mientras él iba a su encuentro. Parecía más relajada, más segura de sí misma, y de nuevo Noah sintió un leve cosquilleo en el vientre. Sin embargo, algo en él había cambiado; ahora se sentía invadido por unos sentimientos nuevos, y no simplemente un cúmulo de recuerdos. Lo más sorprendente era que la atracción que sentía por ella se había consolidado más, si cabía, de una forma más intensa, y por eso se sentía un poco nervioso en su presencia.

Allie también avanzó hacia él, con una pequeña bolsa en la mano. Lo sorprendió al darle un cálido beso en la mejilla, emplazando su mano libre en la cintura de Noah hasta que ella decidió retirarse hacia atrás.

—Hola —lo saludó con ojos radiantes—. ¿A ver? ¿Dónde está la sorpresa?

Él se relajó un poco, agradecido por el respiro.

—¿Después de ese parco y frío saludo? Un simple «hola», en vez de un cálido «¿Qué tal? ¿Has dormido bien?».

Ella sonrió. La paciencia jamás había sido uno de sus fuertes.

—De acuerdo. ¿Qué tal? ¿Has dormido bien? ¿Dónde está la sorpresa?

Noah rio abiertamente y contestó:

—Lo siento, Allie, pero me temo que tengo malas noticias.

—¿Qué pasa?

—Pensaba llevarte a un sitio muy especial, pero con esos nubarrones que se acercan, no estoy seguro de que sea una buena idea.

—¿Por qué?

—Por la tormenta. Estaríamos a la intemperie, y seguramente acabaríamos empapados. Además, quizá caigan relámpagos.

—Pero todavía no llueve. ¿Está muy lejos ese lugar?

—A un kilómetro y medio río arriba.

—¿Y nunca he estado allí?

—No.

Ella se quedó pensativa unos segundos mientras echaba un vistazo a su alrededor. Cuando volvió a hablar, lo hizo con determinación:

—Entonces iremos. No me importa la lluvia.

—¿Estás segura?

—Sí, completamente segura.

Noah volvió a escrutar las nubes y vio que cada vez estaban más cerca.

—Pues será mejor que salgamos ahora mismo. ¿Quieres que deje esa bolsa en casa?

Ella asintió al tiempo que le entregaba la bolsa, y él entró corriendo en la casa y la dejó sobre una silla del comedor. De paso se llevó un poco de pan y lo guardó en una pequeña mochila, que se colgó al hombro mientras salía.

Caminaron hasta la canoa. Allie estaba a su lado, guardando menos distancia que el día anterior.

—¿Por qué es especial ese lugar?

—Ya lo verás.

—¿Ni siquiera vas a darme una pista?

—Vale, ¿te acuerdas del día en que salimos en canoa para contemplar el amanecer?

—Precisamente esta mañana estaba pensando en eso; recuerdo que me emocioné tanto que incluso lloré.

—Pues prepárate, porque lo que vas a ver hará que ese recuerdo no parezca nada excepcional.

—Supongo que debería sentirme especial.

Noah avanzó unos pasos antes de contestar.

—Es que eres especial —declaró finalmente, y por el modo en que lo dijo, ella se preguntó si pensaba añadir algo más. Pero no lo hizo, y Allie sonrió sutilmente antes de desviar la vista. Al hacerlo, notó el viento en la cara y se dio cuenta de que había cobrado más fuerza, en comparación con la mañana.

Enseguida llegaron al embarcadero. Después de lanzar la mochila dentro de la canoa, Noah examinó la embarcación rápidamente para confirmar que no había olvidado nada y empujó la canoa hasta el agua.

—¿Necesitas que te ayude?

—No. Sube.

Allie se montó, y él empujó la canoa un poco más adentro, aunque sin apartarse excesivamente del embarcadero. Entonces, con agilidad y elegancia, saltó a la canoa, colocando ambos pies con cuidado para evitar que volcara. Allie se quedó impresionada ante esa muestra de agilidad, consciente de que lo que Noah acababa de hacer de una forma rápida y con tanta facilidad era mucho más complicado de lo que parecía.

Allie se sentó en la parte delantera de la barca, de espaldas a la marcha. Noah comentó que era una pena que se perdiera la magnífica vista, pero ella sacudió la cabeza y dijo que ya estaba bien en esa posición.

Y era verdad.

Con solo volver la cabeza, podía ver todo lo que quisiera, pero lo que en realidad deseaba era ver a Noah. Era él quien le interesaba, no el río. Llevaba los primeros botones de la camisa desabrochados, dejando al descubierto los músculos del pecho, que se contraían con cada movimiento. Además, se había arremangado, por lo que Allie también veía cómo se le tensaban los músculos de los brazos. Con tanto ejercicio diario, Noah había desarrollado una buena musculatura.

«Una musculatura artística», pensó ella. Y, en efecto, había algo artístico en él mientras remaba, algo natural, como si no pudiera vivir alejado del río, como si lo llevara en la sangre. Al observarlo no pudo evitar pensar que los primeros exploradores de aquella zona probablemente tenían el mismo aspecto que él.

No podía pensar en nadie que se asemejara a Noah en lo más mínimo. Era un hombre complicado, casi contradictorio en muchísimos aspectos, pero al mismo tiempo era un tipo la mar de simple; una rara combinación que resultaba extrañamente erótica. A juzgar por su aspecto era un hombre provinciano que acababa de regresar de la guerra, y probablemente él se consideraba en esos términos. Sin embargo, su personalidad tenía muchos más matices. Quizás era por la poesía, o por los valores que su padre le había infundido. Fuera lo que fuese, Noah parecía saborear la vida con más plenitud que el resto de los mortales, y eso era precisamente lo primero que la había atraído de él.

—¿En qué estás pensando?

Allie notó que el corazón le daba un vuelco cuando la voz de Noah la sacó de su ensimismamiento. Se dio cuenta de que no había hablado mucho desde que se había montado en la canoa, y apreció aquellos minutos de silencio que él le había concedido. Noah siempre había sido muy considerado.

—En cosas agradables —se apresuró a contestar, y por la expresión de su mirada comprendió que Noah sabía que estaba pensando en él. Le agradó que lo supiera, y deseó que él también estuviera pensando en ella.

Allie comprendió entonces que algo estaba despertando en su interior, tal como le había sucedido muchos años atrás. Contemplarlo, contemplar su cuerpo en movimiento, le provocaba esa agitación. Y cuando sus ojos se encontraron por un instante, ella notó un intenso calor en el cuello y en los pechos, y se dio la vuelta para que él no viera su rubor.

—¿Falta mucho? —preguntó.

—Unos quinientos metros.

Permanecieron un momento en silencio antes de que ella comentara:

—Es un sitio muy especial, tan limpio y tan tranquilo... Es como retroceder en el tiempo.

—En cierto modo así es, supongo. El río nace en el bosque. No hay ningún rancho entre su nacimiento y este lugar, y el agua es tan pura como la de la lluvia. Probablemente sigue siendo tan pura como lo era hace siglos.

Ella se inclinó hacia él.

—Dime, Noah, ¿qué es lo que más recuerdas de aquel verano que pasamos juntos?

—Todo.

—¿Nada en particular?

—No —contestó.

—¿No te acuerdas?

Tras un segundo, él contestó con voz sosegada y seria:

—No, no me refería a eso; no es lo que estás pensando. Hablaba en serio cuando decía que lo recuerdo «todo». Recuerdo hasta el último momento que pasamos juntos, y en cada uno de ellos hay algo mágico. Por eso no puedo escoger solo uno que para mí signifique más que los demás. Todo el verano fue perfecto, la clase de verano que todo el mundo debería experimentar al menos una vez en la vida. ¿Cómo podría escoger un único momento y descartar el resto?

»Los poetas a menudo describen el amor como una emoción imposible de controlar, una emoción que supera la lógica y el sentido común. Y así es como yo lo sentí. No planeé enamorarme de ti, y no creo que tú lo tuvieras previsto, porque desde que nos conocimos fue evidente que ninguno de los dos podía controlar lo que nos estaba pasando. Nos enamoramos, a pesar de nuestras diferencias, y de nuestra relación surgió algo genuino y hermoso. Únicamente he experimentado esa clase de amor una vez en la vida, y por eso cada minuto que pasé contigo se ha quedado grabado para siempre en mi memoria. Nunca olvidaré ni uno solo de esos momentos.

Allie lo miraba fijamente. Nunca le habían dicho nada semejante. Jamás. No sabía qué decir y se quedó callada, con la cara acalorada.

—Lo siento; he conseguido incomodarte. No era mi intención, te lo aseguro. Lo que pasa es que no puedo olvidar aquel verano, y probablemente nunca podré hacerlo. Sé que es imposible que se repita nuestra relación, pero eso no cambia lo que sentía por ti entonces.

Ella habló despacio, sintiéndose arropada por sus palabras.

—No me has incomodado. Solo es que... nunca había oído una declaración tan bonita. Hay que ser poeta para hablar de ese modo, y ya te lo dije ayer: tú eres el único poeta que he conocido.

El silencio se instaló entre ambos. A lo lejos se oyó el chillido de un águila pescadora. Un salmonete saltó cerca de la orilla. El remo se movía rítmicamente, provocando ondas que acunaban la barca de una forma cadenciosa. La brisa había cesado, y las nubes se iban tornando más negras a medida que la canoa seguía su rumbo hacia un destino desconocido.

Allie se fijó en todos aquellos detalles, en cada sonido, en cada pensamiento. Sus sentidos estaban totalmente alerta, estimulándola, y empezó a recordar las últimas semanas. Pensó en la ansiedad que se había apoderado de ella ante la idea del viaje que pensaba emprender. La gran impresión al ver el artículo, las noches de insomnio, su irascibilidad durante el día. Incluso el día previo había sido presa de un repentino ataque de pánico y había querido huir. En cambio, ahora, la tensión se había disipado por completo, reemplazada por algo distinto, y se alegró por ello mientras navegaba en silencio en la vieja canoa roja.

Se sentía extrañamente satisfecha de haber ido a New Bern, encantada de que Noah se hubiera convertido en la clase de hombre que ella siempre había esperado que fuera, complacida con la idea de poder vivir para siempre con esa constatación. En los últimos años había visto a bastantes hombres destrozados por la guerra, o por el paso del tiempo, o incluso por el dinero. Se necesitaba coraje para conservar la pasión de la primera juventud, y Noah lo había conseguido.

Aquel era un mundo de trabajadores, no de poetas, y a la gente le costaría mucho comprender a Noah. Estados Unidos estaba en una etapa de plena efervescencia, todos los periódicos lo decían, y la gente se lanzaba entusiasmada hacia el futuro, dejando atrás todos los horrores de la guerra. Allie comprendía las razones, pero pensaba que la mayoría se precipitaba, como Lon, hacia una existencia de largas jornadas laborales y ganancias, desatendiendo las cuestiones que reportaban belleza al mundo.

¿Conocía a alguien en Raleigh dispuesto a dedicar su tiempo libre a restaurar una casa? ¿O a leer a Whitman y Eliot, componiendo imágenes mentalmente, pensamientos espirituales? ¿O que saliera a perseguir el amanecer desde la proa de una canoa? No eran actividades que permitieran ascender socialmente, pero ella sentía que no deberían ser tratadas como meros actos irrelevantes. Hacían que la vida valiera la pena.

Para Allie, lo mismo pasaba con el arte, aunque se había dado cuenta solo cuando había regresado a New Bern. O, más bien, había restablecido ese vínculo perdido. Había sido consciente de ello mucho tiempo atrás, y otra vez se regañó a sí misma por haber olvidado algo tan trascendental como el acto de crear belleza. Su vocación era la pintura, ahora estaba del todo segura. Sus sentimientos aquella mañana se lo habían confirmado, y entonces supo que, pasara lo que pasase, volvería a intentarlo; sí, pensaba darse una segunda oportunidad, dijeran lo que dijesen.

¿Lon la animaría? Allie recordó cuando le enseñó uno de sus cuadros un par de meses después de empezar a salir con él. Se trataba de una pintura abstracta, realizada con la intención de inspirar sentimientos profundos. En cierto modo se parecía al cuadro que Noah tenía colgado sobre la chimenea, el que Noah comprendía completamente, aunque quizá resultaba un poco menos apasionado. Lon se lo había quedado mirando, casi con ojo analítico, y entonces le había preguntado qué se suponía que era. Ella no se había ni molestado en contestar.

Allie sacudió la cabeza, consciente de que no estaba siendo justa. Amaba a Lon, siempre lo había amado, aunque por otras razones. A pesar de que no se parecía a Noah, sin duda era una buena persona, y de hecho siempre había sospechado que acabaría casándose con un hombre como él. Con Lon no había sorpresas, e indudablemente se sentía tranquila al saber lo que le deparaba el futuro. Lon sería un marido bondadoso con ella, y ella por su parte sería una buena esposa. Vivirían en una casa cerca de los amigos y de la familia, tendrían hijos y gozarían de una posición respetable en la sociedad. Era la clase de vida que Allie siempre había esperado llevar, la vida que anhelaba. Y aunque no se atrevía a describir su relación con Lon como apasionada, hacía tiempo que se había convencido a sí misma de que la pasión no era siempre lo más importante, ni siquiera con la persona con la que uno tenía intención de casarse. De todos modos, era evidente que, en cualquier relación, la pasión se atenuaba con el paso del tiempo, y entonces otros aspectos, como la amistad y el compañerismo, ocupaban su lugar. Ella y Lon compartían otras afinidades, y había asumido que eso era cuanto necesitaba.

Pero ahora, mientras contemplaba a Noah, se cuestionó aquella premisa. Él rezumaba sensualidad en todos sus actos, con su cuerpo, su persona... y de repente empezó a pensar en él de una forma totalmente inapropiada para una mujer que estaba a punto de casarse. Para no mirarlo con tanto descaro, desviaba la vista a menudo, pero Noah se movía con tanta elegancia que a Allie le resultaba muy difícil mantener los ojos apartados de él.

—Ya hemos llegado —anunció Noah, al tiempo que guiaba la embarcación hacia unos árboles cercanos a la orilla.

Allie miró a su alrededor, pero no distinguió nada especial.

—¿Dónde está?

—Aquí —corroboró él, dirigiendo la canoa hacia un viejo árbol caído, que disimulaba una abertura que quedaba prácticamente oculta a la vista.

Guio la canoa alrededor del árbol, y los dos tuvieron que agachar la cabeza para no golpearse con las ramas.

—Cierra los ojos —le susurró, y Allie obedeció, cubriéndose la cara con las manos. Oyó el chapoteo del agua y notó el movimiento de la embarcación mientras él seguía remando, alejándose de la corriente del río.

—Ya está —anunció al tiempo que dejaba de remar—. Ya puedes abrir los ojos.

Cisnes y tormentas

Se hallaban en medio de un pequeño lago, alimentado por las aguas del río Brices. No era muy grande, quizá de unos cien metros de ancho, y Allie se quedó sorprendida de que hasta unos momentos antes hubiera quedado totalmente oculto a la vista.

Era espectacular. Estaban literalmente rodeados de cisnes y patos salvajes. Había miles de aves, tantas que en determinados puntos apenas se veía el agua. A lo lejos, los grupos de cisnes parecían témpanos de hielo.

—¡Oh, Noah! —acertó a expresar, apenas sin aliento—. ¡Es... es precioso!

Permanecieron sentados en silencio durante un buen rato, contemplando el maravilloso espectáculo. Noah señaló un grupo de polluelos recién salidos del cascarón que mostraban dificultades para seguir el paso de una manada de gansos cerca de la orilla.

El aire se llenó de graznidos y gorjeos mientras la canoa se desplazaba por el agua. Las aves apenas les prestaban atención; las únicas que parecían molestas eran las que se veían obligadas a apartarse cuando se aproximaba la embarcación. Allie alargó el brazo para tocar a las más cercanas y sintió cómo se encrespaban las plumas debajo de sus dedos.

Noah sacó el pan de la mochila y se lo dio a Allie. Ella arrojó las migas, favoreciendo a los más pequeños, riendo y sonriendo al ver cómo nadaban en círculo, en busca de comida.

Se quedaron hasta que oyeron el estallido de un trueno a lo lejos —breve pero poderoso— y los dos supieron que había llegado la hora de marcharse.

Noah guio de nuevo la canoa hasta la corriente del río, remando con fuerza mientras ella seguía extasiada por lo que acababa de presenciar.

—¿Qué hacen aquí todas esas aves?

—No lo sé. Sé que los cisnes del norte emigran al lago Matamuskeet cada invierno, pero supongo que este año han decidido venir aquí. Ignoro por qué. Quizá sea por las ventiscas que sufrimos a principios de invierno, o quizá se desviaron de la ruta por algún motivo. Seguro que volverán a encontrar su camino.

—¿No se quedarán?

—Lo dudo. Se mueven por instinto, y este no es su sitio. Algunos de los gansos quizá decidan pasar aquí el invierno, pero los cisnes regresarán al lago Matamuskeet.

Noah remó con más energía mientras los nubarrones, negros y amenazadores, avanzaban hacia ellos. La lluvia no tardó en llegar, un ligero aguacero al principio, que paulatinamente fue arreciando. Un relámpago... pausa... y después otro trueno. Luego un poco más fuerte, a unos diez kilómetros de donde se hallaban. Más lluvia, mientras Noah se ponía a remar vigorosamente; sus músculos se tensaban con cada nuevo movimiento.

Las gotas eran más gruesas ahora.

Caían...

Caían con el viento...

Caían con fuerza y eran recias... Noah remaba... intentando ganarle la carrera al cielo... sin embargo se mojaba... y lanzaba imprecaciones al viento... porque la Madre Naturaleza le estaba ganando la partida...

La tormenta se había desatado por completo, y Allie contempló la cortina de agua que caía sesgada desde el cielo, intentando desafiar la gravedad mientras cabalgaba sobre los vientos del oeste que silbaban por encima de los árboles. El cielo se oscureció un poco más, y unas enormes gotas impetuosas los atacaron desde las nubes. Gotas huracanadas.

Allie se entregó gozosa a la lluvia y echó la cabeza hacia atrás para sentir su arrolladora fuerza en la cara. Sabía que la parte frontal de su vestido quedaría empapado en tan solo unos segundos, pero le daba igual. Sin embargo, se preguntó si Noah se había fijado en ese detalle, y pensó que probablemente sí.

Se pasó las manos por el pelo mojado. Era un tacto fantástico, ella se sentía fantástica, todo parecía fantástico. Incluso a través de la lluvia, Allie podía oír la poderosa respiración de Noah, y aquel ruido la excitó sexualmente de una forma como no había experimentado en muchos años.

Una nube se abrió directamente sobre sus cabezas y la lluvia empezó a caer con más furia. Allie nunca había visto llover de ese modo. Alzó la vista y se echó a reír, abandonando cualquier intención de resguardarse del aguacero, y Noah se sintió mejor. Él no sabía cómo se sentía ella; a pesar de que había sido Allie quien había insistido en seguir adelante con los planes de la excursión, dudaba de que sospechase que se vería atrapada por una tormenta torrencial.

Un par de minutos más tarde llegaron al embarcadero, y Noah arrimó la barca todo lo que pudo para que Allie pudiera saltar a suelo firme. La ayudó a hacerlo, luego saltó él y remolcó la canoa hacia la orilla, apartándola del agua para asegurarse de que no la arrastrara la corriente. Por si acaso, decidió atarla a uno de los ganchos del embarcadero, convencido de que no le pasaría nada por estar otro minuto bajo la lluvia.

Mientras sujetaba la canoa, alzó la vista hacia Allie y contuvo el aliento durante unos segundos. Estaba increíblemente bella, mientras lo esperaba, mirándolo con ojos risueños, absolutamente cómoda bajo la lluvia. No intentaba resguardarse, y Noah distinguía el contorno de sus pechos a través del vestido empapado, que se le pegaba al cuerpo de una forma sensual. La lluvia que caía no era muy fría, pero de todas formas vio los pezones erectos y abultados, duros como dos pequeñas piedras. Noah notó una creciente erección y se dio la vuelta rápidamente, avergonzado, reprendiéndose a sí mismo en voz baja, aliviado de que la lluvia amortiguara cualquier sonido que escapara de su boca. Cuando acabó con la canoa y se puso de pie, Allie lo sorprendió al tomarle la mano cariñosamente. A pesar de la tormenta, no echaron a correr hacia la casa, y Noah se imaginó cómo sería pasar la noche con ella.

Allie también estaba pensando en él. Sentía la calidez de sus manos y se preguntó qué sentiría si esas mismas manos le acariciaran el cuerpo, la tocaran despacio, deslizándose lentamente por su piel. Aquella imagen erótica la incitó a suspirar, y notó un hormigueo en los pezones y un creciente calor entre los muslos.

En ese momento se dio cuenta de que algo había cambiado desde que había ido a verlo. Y a pesar de que no podía marcar el momento exacto —el día anterior después de la cena, o esa misma tarde en la canoa, o cuando habían visto los cisnes, o quizás incluso en ese momento, mientras caminaban de la mano— Allie supo que se había vuelto a enamorar de Noah Taylor Calhoun, y que quizá, solo quizá, nunca había dejado de estar enamorada de él.

No había ni pizca de incomodidad entre ellos. Alcanzaron la puerta y entraron, luego se detuvieron en el vestíbulo, con las ropas chorreando.

—¿Has traído una muda de recambio?

Allie sacudió la cabeza, todavía abrumada por el cúmulo de emociones que bullía en su interior, preguntándose si su cara la estaría delatando.

—Voy a ver si encuentro algo para que puedas cambiarte y quitarte ese vestido empapado. Quizá te vendrá un poco grande, pero por lo menos estarás cómoda.

—Perfecto —contestó ella.

—Enseguida vuelvo.

Noah se descalzó y subió las escaleras corriendo. Al cabo de un minuto ya estaba de vuelta. Llevaba unos pantalones de algodón y una camisa de manga larga bajo un brazo, y unos pantalones vaqueros y una camisa azul bajo el otro.

—Toma —dijo al tiempo que le entregaba los pantalones de algodón y la camisa—. Puedes cambiarte en la habitación del piso de arriba. He dejado una toalla en el cuarto de baño, por si quieres darte una ducha caliente.

Ella se lo agradeció con una sonrisa y subió las escaleras, notando la mirada de él en la espalda mientras se alejaba. Después de entrar en la habitación y cerrar la puerta, dejó los pantalones y la camisa en la cama de Noah y se quitó el vestido y la ropa interior. Se dirigió al armario, totalmente desnuda, y sacó una percha en la que colgó el vestido, el sujetador y las bragas. Acto seguido, fue al cuarto de baño para dejar la percha y que la ropa mojada no goteara sobre el suelo de madera. Sintió una emoción secreta por el hecho de estar desnuda en la misma habitación en la que él dormía.

No quería ducharse después de estar bajo la lluvia. Le gustaba la suave sensación en la piel, y le recordó el modo en que vivía la gente mucho tiempo atrás: de una forma natural, como Noah. Se puso los pantalones y la camisa y luego se miró en el espejo. Los pantalones le quedaban grandes, pero metió la camisa por dentro, dobló la cintura un par de veces y se los arremangó un poco para no ir arrastrándolos por el suelo. La camisa tenía el cuello deshilachado y el hombro un poco descosido, pero a Allie le gustaba cómo le quedaba. Se subió las mangas casi hasta los codos, se acercó a la cómoda y sacó un par de calcetines; a continuación fue al cuarto de baño en busca de un secador.

Se cepilló el pelo mojado hasta deshacer los enredos y

se lo dejó suelto sobre los hombros. Se miró en el espejo y deseó haber llevado un pasador o un par de horquillas.

Y el rímel. Pero ¿qué le iba a hacer? Sus ojos todavía conservaban un poco de la sombra que se había aplicado por la mañana, y se pasó un paño húmedo por los párpados para extenderla uniformemente.

Cuando hubo terminado, se miró una última vez en el espejo, sintiéndose bella a pesar de todo, y bajó las escaleras.

Noah se encontraba en el comedor, intentando encender la lumbre en la chimenea. No la vio llegar, y Allie lo observó desde la puerta. Él también se había cambiado de ropa y estaba muy guapo, con sus fornidos hombros, el pelo mojado que le llegaba justo por encima del cuello de la camisa y unos pantalones vaqueros ajustados.

Noah atizó el fuego y movió los troncos, luego añadió ramitas secas. Allie se quedó observándolo apoyada en el umbral, con las piernas cruzadas. Al cabo de unos minutos, el pequeño fuego había dado paso a unas sugestivas llamas que danzaban a un ritmo acompasado. Noah se desplazó hacia un lado para amontonar ordenadamente la leña restante y vio a Allie con el rabillo del ojo. Rápidamente se volvió hacia ella.

Incluso con aquel atuendo estaba guapa. Tras unos momentos, Noah apartó la mirada con timidez y retomó la labor de ordenar la leña.

—No te he oído llegar —comentó él, intentando hablar con un tono relajado.

—Lo sé, ya me he dado cuenta. —Allie sabía lo que él había estado pensando y sintió cierta admiración por su aspecto tan atlético.

—¿Llevas mucho rato ahí de pie?

—Un par de minutos.

Noah se limpió las manos en los pantalones y luego señaló hacia la cocina.

—¿Te apetece una taza de té? He puesto el agua a calentar mientras te cambiabas.

Noah había recurrido a una conversación trivial con el objetivo de mantener la mente clara. Pero es que estaba tan atractiva...

Allie consideró la propuesta, vio el modo en que Noah la miraba, y se sintió embargada por los instintos más primitivos.

—¿Tienes algo más fuerte, o es demasiado temprano para empezar a beber?

Él sonrió.

—Tengo una botella de bourbon en la despensa. ¿Te apetece?

—Me parece genial.

Noah se encaminó a la puerta, y Allie lo observó mientras él se pasaba la mano por el pelo húmedo antes de entrar en la cocina.

Estalló un trueno ensordecedor y la tormenta arreció. Allie oía el repiqueteo de la lluvia en el tejado y el crepitar del fuego mientras las llamas saltarinas iluminaban la estancia. Se volvió hacia la ventana y vio que el cielo gris se iluminaba un instante con el resplandor de un rayo. Unos momentos más tarde, oyó el retumbar de otro trueno, esta vez más cerca.

Cogió una manta del sofá y se sentó en la alfombra delante del fuego. Cruzó las piernas, se acomodó cubriéndose con la manta y se puso a contemplar las llamas. Noah regresó y, al verla, se sentó a su lado. Depositó los dos vasos en el suelo y sirvió un poco de bourbon en cada uno. Fuera, el cielo seguía oscureciéndose.

Otro trueno, esta vez más fuerte; la tormenta en plena furia, y los vientos que fustigaban la lluvia en círculos.

—Menuda tormenta —comentó Noah mientras observaba las gotas que caían formando regueros verticales en los cristales de las ventanas.

Él y Allie estaban muy cerca, aunque no se rozaban, y Noah observó el acompasado movimiento del pecho de Allie, y de nuevo imaginó el tacto de su cuerpo, antes de poder dominar sus pensamientos.

—Me gusta —dijo ella, tomando un sorbo—, siempre me han gustado las tormentas espectaculares, incluso de pequeña.

—¿Por qué? —Noah se obligó a decir algo, para mantener el control de sí mismo.

—No lo sé. Siempre me han parecido románticas.

Ella se quedó callada un momento, y Noah observó el fuego reflejado en sus ojos de color esmeralda. Entonces ella le preguntó:

—¿Recuerdas aquella noche que pasamos juntos, contemplando la tormenta, unos días antes de que me marchara?

—Claro que sí.

—Cuando regresé a casa, no podía dejar de pensar en esa noche. Recordaba vívidamente tu aspecto; es la imagen que siempre he conservado de ti.

—¿He cambiado mucho?

Allie tomó otro sorbo de bourbon, sintiendo la calidez del licor en la garganta. Le acarició la mano mientras contestaba.

—No mucho. Al menos en lo principal. Ya no eres un adolescente, por supuesto, has ganado en experiencia, pero conservas el mismo brillo en los ojos. Sigues leyendo poesía y surcando ríos, y todavía tienes esa bondad que ni tan solo la guerra ha logrado arrancarte.

Noah pensó en lo que ella acababa de decir y sintió la mano de Allie sobre la suya, persistente, su dedo pulgar trazando círculos lentamente.

—Allie, antes me has preguntado qué era lo que recordaba de aquel verano. Ahora te toca a ti: ¿qué es lo que recuerdas?

Pasaron unos segundos antes de que ella contestara. Su voz parecía provenir de otro lugar.

—Recuerdo cuando hicimos el amor; eso es lo que más recuerdo. Fue mi primera vez, y fue mucho más hermoso de lo que había esperado.

Noah tomó un sorbo de bourbon, recordando, reviviendo los viejos sentimientos, cuando de repente sacudió la cabeza. La situación le resultaba excesivamente dura. Ella continuó:

—Recuerdo que temblaba de miedo, pero al mismo tiempo estaba tan emocionada... Me alegro de que fueras mi primer amor; me alegro de haber compartido ese momento contigo.

—Yo también.

—¿Tenías tanto miedo como yo?

Noah asintió en silencio, y ella sonrió ante su honestidad.

—Ya me lo parecía. Eras bastante tímido, sobre todo al principio. Recuerdo que me preguntaste si tenía novio, y cuando te dije que sí, casi dejaste de hablarme.

—No quería entrometerme en vuestra relación.

—Pero al final lo hiciste, a pesar de tus buenas intenciones —adujo ella, sonriendo—. Y me alegro de que lo hicieras.

—¿Cuándo le contaste a tu novio lo nuestro?

—Cuando volví a casa.

—¿Te resultó difícil?

—No, en absoluto; estaba enamorada de ti.

Allie le apretó cariñosamente la mano, luego se la soltó y se arrimó más a él. Enlazó un brazo con el suyo, transmitiéndole calor, y apoyó la cabeza en su hombro. Noah percibía su fragancia, suave y cálida como la lluvia. Ella habló casi en un susurro:

—¿Recuerdas la noche después de la feria, cuando me acompañaste a casa? Te pregunté si querías volver a verme, y tú te limitaste a asentir con la cabeza, sin decir nada. No me pareció una reacción muy convincente.

—Nunca había conocido a nadie como tú; no fue nada premeditado, es que no sabía qué decir.

—Lo sé. Eres incapaz de ocultar nada, tus ojos siempre te delatan. Tenías los ojos más bonitos que jamás había visto.

Allie hizo una pausa, alzó la cabeza de su hombro y lo

miró directamente a los ojos. Cuando volvió a hablar, su voz había vuelto a adoptar el suave tono de un susurro:

—Creo que ese verano te amé más de lo que nunca he amado a nadie.

Un relámpago iluminó el cielo de nuevo. En los momentos de silencio que precedieron al trueno, sus ojos se encontraron mientras intentaban anular los catorce años pasados, plenamente conscientes del cambio que se había producido desde el día anterior. Cuando finalmente estalló el trueno, Noah suspiró y desvió la vista hacia la ventana.

—Cómo me gustaría que hubieras leído las cartas que te envié —murmuró.

Allie permaneció callada un buen rato.

—No era propio de ti. No te lo he dicho, pero te escribí una docena de cartas después de regresar a casa, aunque nunca llegué a enviarlas.

—¿Por qué? —quiso saber Noah, sorprendido.

—Supongo que tenía miedo.

—¿De qué?

—De que quizá lo que habíamos vivido aquel verano no fuera tan especial como me lo parecía a mí, de que me hubieras olvidado.

—Nunca habría podido olvidarte, ni tan solo era capaz de plantearme la idea.

—Ahora lo sé, me doy cuenta cuando te miro a los ojos. Pero en esa época todo era diferente. Había tantas cosas que no comprendía, cosas que la mente de una adolescente no podía asimilar...

—¿A qué te refieres?

Allie hizo una pausa, para ordenar sus pensamientos.

—Cuando vi que no me escribías, no supe qué pensar. Recuerdo que le conté a mi mejor amiga lo que había pasado entre nosotros y ella me dijo que ya habías conseguido lo que buscabas, y que no le sorprendía que no me escribieras. No creí que fueras de esa clase de chicos, pero al oír el comentario de mi amiga, y teniendo en cuenta nuestras diferencias, llegué a temer que ese verano hubiese significado mucho más para mí que para ti... Y entonces, mientras estos pensamientos aún me rondaban por la cabeza, retomé el contacto con Sarah. Me dijo que te habías marchado de New Bern.

—Fin y Sarah siempre supieron dónde estaba...

Allie alzó las manos para acallarlo.

—Lo sé, pero de hecho no llegué a preguntárselo. Supuse que te habías marchado de New Bern para iniciar una nueva vida, una vida sin mí. ¿Por qué otro motivo habrías decidido no escribirme, llamarme ni venir a verme?

Noah desvió la vista sin contestar y ella continuó:

—No lo sabía, y con el tiempo, la herida empezó a cerrarse y me fue más fácil sobrellevar ese capítulo de mi vida. Bueno, al menos me pareció menos doloroso. Pero en los siguientes años, cada vez que conocía a algún chico, siempre te buscaba a ti, y cuando los sentimientos se volvían insoportables, te escribía otra carta. Pero nunca las envié por miedo a lo que podía descubrir. Por entonces, tú ya habías iniciado tu nueva vida y yo no podía ni concebir la idea de amar a nadie más. Quería recordarnos tal y como éramos aquel verano. No quería perder aquel sentimiento tan intenso, tan profundo...

Lo expresó de una forma tan dulce, tan inocente, que cuando acabó Noah sintió deseos de besarla. Pero no lo hizo. En vez de eso, luchó contra la imperiosa necesidad que lo asaltaba y la dominó, consciente de que eso era lo último que Allie necesitaba. Sin embargo, le parecía tan seductora, el tacto de su mano era tan maravilloso...

—Te escribí la última carta hace un par de años. Después de conocer a Lon, escribí a tu padre para averiguar dónde estabas. Pero había pasado tanto tiempo desde la última vez que te había visto que no estaba segura de si tu padre todavía viviría en el mismo sitio. Y con la guerra...

A Allie se le quebró la voz, y los dos permanecieron

en silencio unos instantes, sumidos en sus pensamientos. Un rayo volvió a iluminar el cielo antes de que Noah rompiera el silencio.

—De todos modos, me gustaría que me la hubieras enviado.

—¿Por qué?

—Para saber de ti, para saber cómo te iban las cosas.

—Quizá te habrías quedado decepcionado. Mi vida no es muy interesante, que digamos. Además, no soy exactamente tal y como seguramente me recordabas.

—Eres mejor que como te recordaba.

—Eres un encanto, Noah.

Él estuvo a punto de dejar las cosas así, consciente de que si evitaba que las palabras escaparan de su boca, conservaría el control, el mismo control que había mantenido durante los últimos catorce años. Pero un impulso indomable se había apoderado de él, y acabó por ceder, esperando que, de alguna manera, las palabras tuvieran la capacidad de devolverles lo que una vez habían tenido.

—No lo digo para quedar bien. Lo digo porque te amo; siempre te he amado, más de lo que te puedes imaginar.

Un tronco crujió en la chimenea y unas pequeñas chispas ascendieron. Los dos se quedaron mirando las brasas incandescentes. Casi se había consumido toda la leña; había que alimentar el fuego, pero ninguno de los dos se movió.

Allie tomó otro sorbo de bourbon y empezó a notar sus efectos. Pero no era únicamente el alcohol lo que la había impulsado a acercarse un poco más a Noah para sentir la calidez de su cuerpo. Al mirar por la ventana vio que las nubes estaban casi totalmente negras.

—Será mejor que avive otra vez el fuego —dijo Noah, consciente de que necesitaba pensar, y ella lo soltó. Se inclinó hacia la chimenea y añadió un par de troncos. Utilizó el atizador para colocarlos correctamente y asegurarse de que la nueva leña ardiera con facilidad.

Cuando la llama volvió a prender, Noah regresó junto

a Allie. Ella volvió a arrimarse a él, apoyando la cabeza en su hombro tal y como estaba antes, sin hablar, frotándole el pecho suavemente con una mano. Noah se inclinó más hacia ella y le susurró al oído:

—Así, tal y como estamos ahora, me recuerda a otros tiempos. Cuando éramos adolescentes.

Ella sonrió, pues había estado pensando lo mismo, y los dos contemplaron el fuego y el humo, el uno junto al otro.

—Ya sé que no me lo has preguntado, Noah, pero quiero que sepas una cosa.

—¿El qué?

La voz de Allie había adoptado un tono más tierno.

—Nunca ha habido otro hombre. No solo fuiste el primero, sino el único con el que he estado. No espero que me digas lo mismo, pero de todas formas quería que lo supieras.

Noah apartó la mirada, en silencio. Allie volvió a contemplar el fuego, sintiéndose mejor; deslizó una mano dentro de su camisa y le acarició los músculos del pecho, duros y firmes, mientras se pegaba más a él.

Recordó aquel día que habían permanecido abrazados del mismo modo, pensando que sería la última vez. Estaban sentados en el dique que contenía las crecidas del río Neuse. Allie lloraba porque temía que esa fuera la última vez que estaban juntos, y le preguntó cómo podría ser capaz de volver a sonreír. En vez de contestar, Noah le entregó una nota, que ella leyó de camino a casa. Todavía la conservaba, y a veces la leía, entera o por partes. Había leído una sección en particular cientos de veces, y por alguna razón, en ese momento le vino a la mente. Decía:

> La razón por la que nos duele tanto separarnos es porque nuestras almas están enlazadas. Quizá siempre lo han estado y siempre lo estarán, quizás hemos vivido cientos de vidas antes que esta, y en cada una de ellas nos hemos encontrado. Y quizá cada vez nos hemos visto obligados a separarnos por las mismas

razones. Eso significa que este adiós es tanto un adiós por los últimos diez mil años como un preludio de lo que vendrá.

Cuando te miro, veo tu belleza y tu gracia y cómo estos rasgos se han ido fortaleciendo con cada vida que hemos pasado. Sé que he estado todas las vidas anteriores buscándote, no a alguien como tú, sino a ti, porque tu alma y la mía están predestinadas a continuar juntas. Y entonces, por una razón que ninguno de los dos llega a comprender, nos vemos obligados a separarnos.

Me encantaría decirte que todo saldrá bien, y prometo hacer todo lo que pueda para asegurarme de que así sea, pero si no volvemos a cruzarnos en esta vida y esto es realmente un adiós para siempre, sé que volveremos a vernos en otra vida. Volveremos a encontrarnos, y quizá las estrellas habrán cambiado sus designios, y no solo nos amaremos otra vez, sino que lo haremos por todas las veces que ya lo hemos hecho antes.

«¿Será posible? —se preguntó Allie—. ¿Tendrá razón?»

Nunca lo había descartado por completo; quería aferrarse a la promesa de Noah por si era verdad. La idea la había ayudado a superar un sinfín de vicisitudes. Pero allí sentada, en ese momento, tenía la impresión de estar refutando la hipótesis de que su destino era estar siempre separados. A menos que las estrellas hubieran cambiado todos sus designios desde la última vez que habían estado juntos.

Y quizá lo habían hecho, pero Allie no deseaba averiguarlo. Se inclinó hacia él y notó el calor entre ellos, notó su cuerpo, su estrecho abrazo. Y su cuerpo empezó a temblar con la misma anticipación que había sentido la primera vez que estuvieron juntos.

Le parecía tan natural estar allí, todo parecía tan correcto... El fuego, el bourbon, la tormenta... No podría haber sido más perfecto. Parecía incluso mágico, como si los años que habían estado separados carecieran de importancia.

Otro relámpago hendió el cielo. El fuego danzaba sobre la madera blanca, propagando el calor. La lluvia de octubre repiqueteaba en las ventanas, acallando cualquier otro sonido.

Y los dos cedieron a todo aquello contra lo que habían luchado durante los últimos catorce años. Allie levantó la cabeza de su hombro, lo miró con ojos soñadores, y Noah la besó con suavidad en los labios. Ella alzó la mano para acariciarle la mejilla con dulzura, rozándolo apenas con la punta de los dedos. Él se inclinó despacio y volvió a besarla con ternura, y ella le devolvió el beso, sintiendo que los años de separación se disolvían en una progresiva pasión.

Entornó los ojos y separó los labios mientras él deslizaba los dedos por sus brazos, despacio, delicadamente, arriba y abajo. La besó en el cuello, en la mejilla, en los párpados, y ella sintió la humedad de sus labios en cada punto donde él los posaba. Tomó su mano y la guio hacia sus pechos, y se le formó un nudo en la garganta cuando él empezó a acariciarlos suavemente, por encima de la fina tela de la camisa.

Cuando se apartó de él, con el rostro iluminado por la luz del fuego, se sintió como en un sueño. Sin hablar, empezó a desabrocharle los botones de la camisa. Él la observaba y oía su respiración acelerada mientras ella iba descendiendo hacia los botones inferiores, rozándole la piel con los dedos. Cuando por fin terminó, Allie le ofreció una sonrisa y deslizó las manos dentro de la tela, prodigándole suavísimas caricias, explorando su cuerpo. Noah se excitó al sentir su contacto sobre el pecho ligeramente húmedo, mientras ella enredaba los dedos en el vello. Allie se inclinó hacia delante y lo besó en el cuello, sin prisas, mientras le pasaba la camisa por encima de los hombros, antes de levantar la cabeza para que pudiera volverla a besar.

Acto seguido, Noah le alzó la camisa y deslizó un dedo lentamente por el vientre antes de levantarle los brazos para quitarle la prenda por la cabeza. Allie notó que se quedaba sin aliento cuando él bajó la cara y la besó entre los pechos y, con una gran calma, empezó a deslizar la lengua por su piel, hacia el cuello. A continuación, le acarició la espalda, los brazos, los hombros, y ella sintió que sus cuerpos excitados se buscaban, piel contra piel. Noah la besó en el cuello y le lamió el lóbulo de la oreja mientras ella alzaba las caderas para permitir que él acabara de desnudarla. Allie buscó la cremallera de sus pantalones vaqueros, y lo contempló mientras él se los quitaba. Todo sucedía casi como a cámara lenta, hasta que sus cuerpos desnudos se unieron, los dos temblando con el recuerdo de lo que una vez habían compartido.

Noah deslizó la lengua por su cuello mientras desplazaba las manos hacia la piel tersa y caliente de sus pechos, para luego recorrer su vientre, pasar por encima del ombligo, y volver a subir. Estaba hipnotizado con su belleza. Su esplendorosa melena atrapaba la luz y la reflejaba con un brillo singular, y su piel suave resplandecía a la luz del fuego. Él notó sus manos en el pecho, invitándolo a tumbarse.

Se echaron cerca del fuego; el calor confería al aire una textura casi tangible, como más densa. Allie tenía la espalda levemente arqueada cuando él se colocó sobre ella con un movimiento ágil y se quedó a gatas, con las rodillas a ambos lados de sus caderas. Allie levantó la cabeza y le besó la barbilla y el cuello, respirando con dificultad, lamiéndole los hombros, saboreando el sudor que desprendía su cuerpo. Le deslizó las manos por el pelo mientras él se mantenía firme sobre ella, con los músculos de los brazos tensos por el esfuerzo físico. Allie le presionó las nalgas en un gesto de invitación, pero Noah se resistió. Flexionó un poco los brazos para frotar su pecho contra el de ella, y Allie notó que su cuerpo respondía con anticipación. Noah repitió el movimiento despacio, una y otra vez, mientras la besaba por todo el cuerpo y oía sus suaves gemidos y jadeos de excitación, sin parar de moverse encima de ella.

Continuó así hasta que Allie no pudo más, y cuando finalmente se unieron en un solo cuerpo, ella gritó y le clavó los dedos en la espalda, hundió la cabeza en su cuello y lo sintió dentro de ella, sintió su fuerza y su bondad, sintió su cuerpo y su alma. Allie empezó a moverse rítmicamente, dejándose llevar por él.

Abrió los ojos y lo contempló a la luz del fuego, maravillándose de su belleza mientras él se movía encima de ella. Vio el brillo del sudor sobre su piel, y cómo las gotas resbalaban por su pecho hasta caer encima de ella como la lluvia en el exterior. Y con cada gota, con cada aliento, sintió que todas las responsabilidades, todas las facetas de su vida anterior se iban desmoronando.

Sus cuerpos reflejaban todo el amor que se prodigaban, y Allie se sintió invadida por una sensación totalmente nueva para ella: una sensación prolongada que le provocaba un cosquilleo y un creciente calor en todo el cuerpo, y pensó que se iba a morir de placer mientras temblaba debajo de él, hasta que finalmente empezó a desvanecerse. El momento álgido había pasado, pero entonces notó que la invadía otra oleada de calor, y empezó a experimentar esa adictiva sensación en largas secuencias, una tras otra. Cuando la lluvia ya había cesado y el sol se había puesto, su cuerpo estaba exhausto, pero no parecía dispuesto a poner fin a aquella locura de placer.

Pasaron el resto del día en aquel estado embriagador, haciendo el amor junto al fuego para luego reposar abrazados, contemplando las llamas que devoraban la leña. A veces Noah recitaba uno de sus poemas favoritos mientras ella yacía a su lado, escuchándolo con los ojos cerrados, apreciando cada palabra. Entonces, cuando sus cuerpos volvían a excitarse, retomaban el juego de la pasión y murmuraban palabras de amor entre besos mientras se enredaban el uno en los brazos del otro.

Continuaron así hasta el anochecer, como si quisieran resarcirse del tiempo perdido, y aquella noche durmieron abrazados. De vez en cuando, Noah se despertaba y, al contemplar aquel cuerpo relajado y radiante, se sentía como si de repente todo hubiera cobrado sentido.

En una de esas veces, mientras la estaba contemplando justo unos momentos antes del amanecer, Allie parpadeó varias veces antes de abrir los ojos, entonces le sonrió y alargó la mano para acariciarle la cara. Noah apoyó los dedos en sus labios, con suavidad, para que ella no dijera nada, y se quedaron mirándose el uno al otro sin que el tiempo importara.

Cuando él notó que se le deshacía el nudo de la garganta, le susurró:

—Eres la respuesta a todas mis plegarias: eres una canción, un sueño, un susurro; no sé cómo he podido vivir sin ti todos estos años. Te quiero, Allie, más de lo que puedas imaginar. Siempre te he querido, y siempre te querré.

—Oh, Noah... —Ella suspiró, abrazándolo con devoción. Lo deseaba, lo necesitaba más que a nada en el mundo, más que nunca.

Tribunales

Esa misma mañana, un poco más tarde, tres hombres —dos abogados y el juez— permanecían sentados en un despacho mientras Lon acababa de exponer su petición. Pasaron unos segundos antes de que el juez contestara.

—Es una propuesta inusual —comentó, ponderando la situación—. Creo que el juicio podría quedar listo para sentencia hoy mismo. ¿Me está diciendo que ese asunto es tan urgente que no puede esperar hasta un poco más tarde, hasta esta noche o mañana?

—Me temo que no, Señoría —contestó Lon, quizá con excesiva celeridad.

«Procura mantener la calma; respira hondo», se amonestó a sí mismo.

—¿Y no tiene nada que ver con el caso?

—No, Señoría; es una cuestión personal. Sé que se sale de las normas, pero le aseguro que necesito ocuparme del asunto de inmediato.

«Bien, mejor», pensó, felicitándose por su templanza.

El juez se recostó en la silla y lo miró evaluándolo durante unos momentos.

—Señor Bates, ¿qué opina de la petición del señor Hammond?

El otro abogado carraspeó.

—El señor Hammond me ha llamado esta mañana y ya he hablado con mis clientes. Están de acuerdo en aplazar el juicio hasta el lunes.

—Ya veo —repuso el juez—. Y en su opinión, ¿es conveniente para sus clientes un aplazamiento?

—Creo que sí. El señor Hammond ha accedido a reabrir el debate relativo a cierto asunto que no se ha abordado en el proceso.

El juez los miró a ambos con aire severo al tiempo que ponderaba la propuesta.

—Esto no me gusta —concluyó finalmente—, en absoluto. Pero dado que es la primera vez que el señor Hammond presenta semejante petición, infiero que debe de tratarse de un tema de vital importancia para él.

Hizo una pausa para mantener el suspense y luego bajó la vista hasta unas hojas de papel que había sobre su mesa.

—De acuerdo. El juicio queda aplazado hasta el lunes, a las nueve en punto.

—Gracias, Señoría —dijo Lon.

Dos minutos más tarde, abandonaba el edificio. Cruzó la calle en dirección al coche que había aparcado justo enfrente, subió y, con manos temblorosas, se dispuso a conducir hacia New Bern.

Una visita inesperada

Noah había preparado el desayuno para Allie mientras ella dormía en el comedor. Panceta frita, galletas y café; nada espectacular. Depositó la bandeja a su lado justo en el momento en que ella se desperezaba, y tan pronto como hubieron dado buena cuenta del desayuno, volvieron a hacer el amor apasionadamente, como una poderosa confirmación de lo que habían compartido el día anterior. Allie arqueó la espalda y gritó cuando la asaltó la última oleada de placer, entonces lo estrechó entre sus brazos mientras respiraban al unísono, exhaustos.

Se ducharon juntos, y después Allie se puso el vestido, que se había secado durante la noche. Pasó la mañana con Noah. Dieron de comer a *Clem* y examinaron las ventanas para confirmar que no habían sufrido ningún desperfecto. La tormenta había derribado dos pinos, aunque afortunadamente los árboles no habían causado daños al caer; aparte de eso, unas tejas habían volado del techo del cobertizo, pero en general, la propiedad estaba casi intacta.

Estuvieron cogidos de la mano durante casi toda la mañana, charlando animadamente, aunque a veces él dejaba de hablar y se la quedaba mirando. Cuando lo hacía, Allie sentía ganas de decir algo, pero no se le ocurría nada que le pareciera acertado. Sumida en sus pensamientos, se limitaba a besarlo.

Un poco antes del mediodía, Noah y Allie entraron en

la casa para preparar el almuerzo. Los dos tenían apetito porque el día anterior apenas habían probado bocado. Recurrieron a lo que tenían a mano: frieron unos trozos de pollo y prepararon más galletas, y luego almorzaron en el porche, con el ambiente amenizado por el canto de un ruiseñor.

Mientras estaban lavando los platos, llamaron a la puerta. Noah dejó a Allie en la cocina.

Más golpes insistentes.

—¡Ya va! —gritó Noah.

Pero quienquiera que fuese, seguía aporreando la puerta.

Noah ya casi había llegado.

Los golpes no cesaban.

—¡Ya va! —gritó una vez más, al tiempo que abría la puerta.

—Dios mío...

Por un momento se quedó mirando a una bella mujer de unos cincuenta y pocos años, una mujer que habría reconocido en cualquier parte del mundo.

Se había quedado sin habla.

—Hola, Noah —lo saludó ella.

Él no dijo nada.

—¿Puedo entrar? —le preguntó la recién llegada con voz serena, sin revelar sus intenciones.

Noah tartamudeó una respuesta mientras la visitante pasaba delante de él, deteniéndose junto a las escaleras.

—¿Quién es? —gritó Allie desde la cocina, y la mujer se volvió hacia el lugar de donde provenía la voz.

—Tu madre —acertó a contestar Noah finalmente, y justo después de decirlo, oyó el ruido de un vaso que acababa de hacerse añicos.

—Sabía que estabas aquí —dijo Anne Nelson a su hija cuando los tres estuvieron sentados alrededor de la mesita de centro en el comedor.

—¿Cómo estabas tan segura?

—Eres mi hija. Un día, cuando seas madre, lo entenderás. —Sonrió, pero mantenía el porte rígido, y Noah imaginó lo difícil que debía de resultarle enfrentarse a aquella situación—. Yo también leí el artículo en el periódico, y vi tu reacción. He visto lo nerviosa que has estado estas últimas dos semanas, y cuando dijiste que te ibas de compras a la costa, comprendí exactamente a qué te referías.

—¿Papá lo sabe?

Anne Nelson sacudió la cabeza.

—No, no se lo he dicho ni a tu padre ni a nadie. Ni tampoco le he dicho a nadie adónde iba.

La estancia quedó en silencio un momento mientras Allie y Noah se preguntaban qué iba a pasar a continuación, pero Anne permaneció callada.

—¿Por qué has venido? —le preguntó Allie al final.

Su madre enarcó una ceja.

—Me parece que soy yo quien debería hacer esa pregunta.

Allie palideció.

—He venido porque tenía que hacerlo —respondió la mujer—, y estoy segura de que es por la misma razón que tú estás aquí, ¿o me equivoco?

Allie asintió.

Anne se volvió hacia Noah.

—Estos dos últimos días han estado lleno de sorpresas, ¿eh?

—Sí —respondió él escuetamente, y ella le sonrió.

—Sé que no me creerás, pero siempre me has caído bien, Noah. Sin embargo, no me parecías la persona más indicada para mi hija. ¿Puedes comprenderlo?

Él sacudió la cabeza mientras contestaba con un tono grave:

—No, no lo comprendo. Para mí no fue justo, ni tampoco para Allie, de lo contrario, ella no estaría ahora aquí.

Anne no apartó la vista de él ni un momento, pero no

dijo nada. Allie, que percibió la creciente tensión entre ambos, decidió intervenir:

—¿Qué quieres decir con eso de que tenías que venir? ¿Acaso no te fías de mí?

La mujer miró a su hija.

—Esto no tiene nada que ver con la confianza, sino con Lon. Anoche llamó a casa para hablar conmigo sobre Noah, y en estos momentos viene hacia aquí. Parecía muy alterado. Pensé que querrías saberlo.

Allie respiró hondo.

—¿Lon viene hacia aquí?

—Sí. Ha pedido que aplacen el juicio hasta la semana que viene. Si todavía no ha llegado a New Bern, estará a punto de hacerlo.

—¿Qué le dijiste?

—No mucho. Pero él ya lo sabía. Lo sospechaba. Se acordaba de un día en que le hablé de Noah, hace mucho tiempo.

Allie tragó saliva con dificultad.

—¿Le dijiste que estaba aquí?

—No. Y no pienso hacerlo. Eso es algo entre vosotros dos. Pero conociéndolo, seguro que descubrirá que has estado aquí. Solo tiene que hacer un par de llamadas a las personas adecuadas. Después de todo, a mí me ha resultado muy fácil encontrarte.

A pesar de la inquietud, Allie sonrió a su madre.

—Gracias —dijo, y la mujer alargó el brazo para estrecharle la mano cariñosamente.

—Sé que tenemos nuestras diferencias, Allie, y que nuestros puntos de vista son distintos. No soy perfecta, pero he hecho lo mejor para criarte. Soy tu madre y siempre lo seré, y eso significa que te querré toda la vida.

Allie se quedó callada un momento, y entonces dijo:

—¿Qué debo hacer?

—No lo sé, hija mía, eso es cosa tuya. Pero yo en tu lugar lo pensaría detenidamente. Piensa bien lo que quieres de verdad.

Allie apartó la mirada, con los ojos enrojecidos. Un momento después, una lágrima rodaba por su mejilla.

—No lo sé... —Se le quebró la voz, y su madre le apretó la mano con cariño. Anne observó a Noah, que permanecía sentado cabizbajo, escuchando con atención. Como si hubiera notado sus ojos insistentes, él alzó la vista y la miró a la cara, asintió, y abandonó la sala.

Cuando hubo desaparecido, Anne susurró:

—¿Le amas?

—Sí —confesó Allie—, mucho.

—¿Quieres a Lon?

—Sí, también lo amo, y mucho, aunque de otro modo. Él no me hace vibrar como Noah.

—Nadie te hará vibrar como Noah —apostilló su madre, y le soltó la mano.

»No puedo tomar esta decisión por ti, hija mía; es algo que solo te corresponde a ti. Sin embargo, quiero que sepas que te quiero, y que siempre te querré. Ya sé que no te sirve de gran cosa, pero es todo lo que puedo ofrecerte.

Metió la mano en el bolsillo y sacó un puñado de cartas atadas con una cinta; los sobres parecían viejos, y estaban un poco amarillentos.

—Estas son las cartas que Noah te escribió. No las abrí, ni tampoco las tiré. Sé que no debería habértelas ocultado, y lo siento, pero solo intentaba protegerte. No me di cuenta de que...

Allie las agarró y las acarició, visiblemente emocionada.

—Será mejor que me vaya. Tienes que tomar serias decisiones, y no te queda mucho tiempo. ¿Quieres que me quede en la ciudad?

Allie sacudió la cabeza.

—No, esto es cosa mía.

Anne asintió y observó a su hija un momento, indecisa. Al final se puso de pie, rodeó la mesa, se inclinó y la besó en la mejilla. Podía ver la duda reflejada en los ojos de su hija cuando Allie se levantó y la abrazó.

—¿Qué piensas hacer? —le preguntó su madre.

—No lo sé —contestó Allie tras una larga pausa.

Permanecieron de pie durante otro minuto, abrazadas en silencio.

—Gracias por venir —dijo Allie—. Te quiero.

—Y yo a ti.

De camino a la puerta, a Allie le pareció que su madre le susurraba: «Sigue tu corazón», aunque no estaba segura de si lo había oído realmente o se lo había imaginado.

La decisión

Noah le abrió la puerta a Anne Nelson.

—Adiós, Noah —se despidió ella en tono sosegado. Él asintió sin hablar. No había nada más que decir; ambos lo sabían. Anne dio media vuelta y se alejó. Noah la observó mientras caminaba hacia el coche, se sentaba al volante y se marchaba sin mirar atrás.

«Es una mujer fuerte», pensó, y supo de quién había heredado Allie el carácter.

Asomó la cabeza por la puerta del comedor y al ver a Allie sentada con la cabeza gacha, decidió salir al porche, suponiendo que necesitaba estar sola. Se sentó en silencio en la mecedora y contempló el río, dejando que transcurrieran los minutos. Después de lo que le pareció una eternidad, oyó el chirrido de la puerta trasera al abrirse. No se volvió para mirarla al instante —no se sentía con ánimos—, pero oyó que se sentaba en la silla a su lado.

—Lo siento —dijo Allie—. No esperaba que pasara esto.

Noah sacudió la cabeza despacio.

—No tienes que disculparte; ambos sabíamos que tarde o temprano tenía que suceder.

—Ya, pero de todos modos es un mal trago.

—Lo sé. —Aunó fuerzas y se volvió hacia ella para tomarle la mano—. ¿Qué puedo hacer para que te sientas mejor?

Ella sacudió la cabeza.

—Nada, pero gracias; es algo que tengo que hacer yo sola. Además, todavía no sé qué le voy a contar a Lon. —Bajó la vista y su voz se tornó más suave y un poco más distante, como si se estuviera hablando a sí misma—. Supongo que dependerá de él y de lo que sepa. Según mi madre él sospecha algo, pero aún no sabe nada con certeza.

Noah sintió un nudo cada vez más opresivo en el estómago. Cuando finalmente habló, lo hizo con voz serena, pero dolida.

—No piensas contarle lo nuestro, ¿no es cierto?

—No lo sé, la verdad es que no lo sé. En el comedor no he dejado de preguntarme qué quiero realmente en la vida. —Le estrujó la mano con afecto—. ¿Y sabes a qué conclusión he llegado? Que quiero dos cosas: la primera es que te quiero a ti. Quiero que estemos juntos. Te amo, y siempre te he amado.

Respiró hondo antes de proseguir.

—Pero también quiero un final feliz sin que nadie salga perjudicado. Y sé que si me quedo contigo, varias personas sufrirán, sobre todo Lon. No te mentí cuando te dije que lo amo. No me hace sentir del mismo modo que tú, pero le quiero, y no sería justo para él. Además, si me quedo contigo, les haré daño a mi familia y amigos. Sería como traicionar a todos mis seres queridos... No sé si me veo capaz de hacerlo.

—No puedes vivir pendiente de los demás, tienes que pensar en ti, aunque eso suponga adoptar algunas decisiones que puedan causar daño a quien más quieres.

—Lo sé —asintió ella—, pero las consecuencias de la decisión que tome durarán toda la vida. He de ser capaz de seguir adelante sin mirar atrás, no sé si me entiendes...

Noah sacudió la cabeza e intentó mantener la voz serena.

—No, no te entiendo si eso significa que voy a perderte. No puedo perderte de nuevo.

Allie no dijo nada pero bajó la cabeza. Noah continuó:

—¿De verdad serías capaz de dejarme sin mirar atrás?

Ella se mordió el labio inferior mientras contestaba. Su voz había empezado a quebrarse:

—No lo sé, probablemente no.

—¿Y eso sería justo para Lon?

Ella no contestó de inmediato. Se puso de pie, se secó la cara, recorrió el porche hasta la otra punta y se apoyó en el poste. Cruzó los brazos y contempló el río antes de contestar con voz grave:

—No.

—No tiene por qué acabar así —dijo él—. Somos dos personas adultas, tenemos derecho a elegir lo que no pudimos tener antes. Estamos hechos el uno para el otro, Allie, y eso es lo único que cuenta.

Avanzó hasta ella y le pasó un brazo por encima de los hombros.

—No quiero vivir el resto de mi vida pensando en ti y soñando lo que podría haber sido. Quédate conmigo, por favor.

Las lágrimas empañaron los ojos de Allie.

—No sé si puedo —susurró.

—Sí que puedes. No podría... vivir de una forma plenamente feliz si sé que estás con otro hombre. Eso destruiría una parte de mí. Lo nuestro es único, Allie, es demasiado bonito para echarlo a perder.

Ella no contestó. Tras unos momentos, Noah la exhortó a girarse hacia él, le tomó las manos y la miró fijamente, deseando que ella alzara la vista y lo mirara a la cara. Al final, Allie lo contempló con ojos afligidos. Después de un largo silencio, Noah le secó las lágrimas de las mejillas con los dedos, mirándola con una enorme ternura. Su voz expresó lo que le había comunicado la mirada de Allie:

—No te quedarás, ¿verdad? —Sonrió débilmente—. Quieres quedarte, pero no puedes.

—Oh, Noah... —Allie empezó a sollozar, con nuevas

lágrimas en los ojos—. Por favor, intenta comprender...

Noah sacudió la cabeza para acallarla.

—Ya sé lo que intentas decirme, lo veo en tus ojos, pero me niego a comprenderlo, Allie. No quiero que lo nuestro acabe de este modo, no quiero que lo nuestro acabe de ningún modo. Pero ambos sabemos que, si te marchas, no volveremos a vernos nunca más.

Ella se apoyó en su pecho y rompió a llorar desconsoladamente mientras Noah reprimía sus propias lágrimas.

La estrechó entre sus brazos con fuerza.

—Allie, no puedo obligarte a que te quedes conmigo, pero pase lo que pase, te aseguro que jamás olvidaré estos dos últimos días. Llevo años soñando con este momento.

La besó con ternura y se abrazaron como lo habían hecho la primera vez que ella se apeó del coche dos días antes. Al cabo de un rato, Allie lo soltó y se secó las lágrimas.

—Tengo que recoger mis cosas.

Noah no entró en la casa con ella; se quedó sentado en la mecedora, totalmente abatido. La vio atravesar el umbral y oyó sus pisadas, que poco a poco se fueron desvaneciendo. Allie volvió a salir unos minutos más tarde, con todo lo que había llevado, y avanzó hacia él con la cabeza baja. Le entregó el dibujo que había hecho el día anterior. Mientras él lo aceptaba, vio que ella seguía llorando.

—Es un regalo. Lo hice para ti.

Noah tomó la hoja y la desenrolló despacio, con cuidado para no romperla.

Había dos imágenes, una solapando la otra. La que estaba en primer plano, que ocupaba prácticamente toda la hoja, era un dibujo de cómo era él entonces, no la de hacía catorce años. Noah se fijó en que Allie había reproducido con exactitud cada detalle de su cara, incluida la cicatriz. Era casi como si hubiera copiado el retrato de una foto reciente.

La segunda imagen correspondía a la fachada principal de la casa, con un detallismo impresionante, como si la hubiera dibujado sentada debajo del roble.

—Es precioso, gracias. —Se esforzó por sonreír—. Ya te lo dije: eres toda una artista.

Ella asintió con el rostro desencajado, apretando los labios. Había llegado la hora de la despedida.

Caminaron hasta el coche con paso lento, sin hablar. Cuando llegaron, Noah volvió a abrazarla hasta que las lágrimas pugnaron por escapársele de los ojos. La besó en los labios y en las mejillas, y luego pasó el dedo suavemente por encima de la piel que acababa de besar.

—Te quiero, Allie.

—Yo también te quiero.

Noah abrió la puerta del coche y se besaron una vez más antes de que ella se sentara al volante, sin apartar la vista de él. Depositó el fajo de cartas y el bolso en el asiento del pasajero, buscó las llaves y le dio al contacto. El vehículo arrancó con suavidad y el motor empezó a impacientarse.

Noah empujó la puerta con ambas manos para cerrarla y Allie bajó la ventanilla. Se fijó en los músculos de sus brazos, en su sonrisa fácil, en su tez bronceada. Sacó la mano y Noah la sostuvo solo un momento entre las suyas, deslizando suavemente los dedos sobre su piel.

—No te vayas. —Noah pronunció las palabras con un hilo de voz y Allie redobló su llanto. El dolor que le causaba todo aquello era tal que le impedía pronunciar palabra. Con un enorme esfuerzo, apartó la vista y retiró la mano. Puso una marcha y pisó levemente el acelerador. Si no se marchaba en ese instante, sabía que no tendría fuerzas para hacerlo. Noah se apartó solo lo necesario mientras el coche se ponía en marcha.

Cuando fue plenamente consciente de la situación, se sintió casi en estado de trance. Observó el vehículo mientras este avanzaba, oyó el chirrido de las ruedas sobre la gravilla, y entonces, lentamente, el coche empezó a dar la vuelta, hacia la carretera que llevaría a Allie de vuelta a la ciudad. Se marchaba... Allie lo dejaba... y Noah sintió que aquella realidad lo sobrepasaba.

El vehículo seguía su marcha... pasando ahora delante de él...

Alzó la mano para despedirse por última vez sin sonreír, antes de que ella acelerara, y siguió con el brazo alzado con desánimo.

«¡No te vayas!», quiso gritar mientras el coche se alejaba, pero no dijo nada, y un minuto más tarde el vehículo había desaparecido y la única huella que quedaba de él eran las marcas que las ruedas habían dejado sobre la gravilla.

Noah se quedó allí de pie, sin moverse, durante un largo rato. Allie se había desvanecido de su vida con la misma celeridad con la que había aparecido. Y esta vez para siempre. Para siempre.

Cerró los ojos y la vio marcharse una vez más, el vehículo alejándose de él, llevándose su corazón con ella...

Al igual que su madre, Allie no había vuelto la vista atrás ni una sola vez.

Una carta del ayer

A Allie le resultaba difícil conducir con los ojos llenos de lágrimas, pero no se detuvo, esperando que el instinto la llevara de vuelta al hotel. Condujo con la ventanilla bajada, pensando que quizás el aire fresco la despejaría, pero fue en vano. Nada podía ayudarla.

Se sentía exhausta, y se preguntó si tendría la energía necesaria para hablar con Lon. ¿Y qué le iba a decir? Todavía no tenía ni idea, pero esperaba que cuando llegara el momento se le ocurriera algo.

Sí, seguro que se le ocurriría algo.

Al llegar al puente levadizo que conducía a Front Street, notó que había recuperado un poco el control de sí misma, no por completo, pero lo suficiente para hablar con Lon. Bueno, al menos eso esperaba.

Apenas había tráfico en New Bern, y tuvo tiempo para fijarse en los desconocidos que se cruzaban con ella mientras atravesaba la ciudad. En una gasolinera, un mecánico estaba echando un vistazo dentro del capó de un vehículo nuevo mientras un hombre, presumiblemente el dueño, permanecía de pie a su lado. Dos mujeres empujaban dos cochecitos delante de la fachada de los almacenes Hoffman-Lane, charlando animadamente al tiempo que contemplaban los escaparates. Delante de la joyería Hearns, un hombre ataviado con un traje impecable y un maletín en la mano caminaba con paso enérgico.

Al doblar otra esquina, Allie vio a un muchacho descargando verduras de un camión que bloqueaba parte de la calle. Algo en su apariencia o en sus movimientos le recordó a Noah cuando sacó los cangrejos de las jaulas en el embarcadero.

Se detuvo delante de un semáforo en rojo y vio el hotel justo al final de la cuesta. Aspiró hondo cuando la luz se puso verde y condujo despacio hasta que llegó al aparcamiento que el hotel compartía con un par de establecimientos más. Al entrar divisó el coche de Lon aparcado en la entrada. A pesar de que había un espacio libre justo al lado, pasó de largo y estacionó un poco más lejos.

Giró la llave de contacto y el motor se paró de inmediato. A continuación, abrió la guantera y sacó un peine y un espejo que había encima de un mapa de Carolina del Norte. Se miró en el espejo y vio que todavía tenía los ojos hinchados y rojos. Al igual que el día antes después del aguacero, mientras examinaba su reflejo se lamentó de no tener a mano un poco de maquillaje, aunque dudaba que, en su estado, le hubiera servido de gran ayuda. Intentó echarse el pelo hacia un lado, luego hacia el otro, y finalmente desistió.

Cogió el bolso, lo abrió y contempló una vez más el artículo que la había conducido hasta allí. Habían pasado tantas cosas desde que lo había leído en el diario, que le costaba creer que únicamente hubieran transcurrido tres semanas. De hecho, le parecía imposible que hubiera llegado a New Bern solo un par de días antes; tenía la impresión de que había pasado una eternidad desde su cena con Noah.

Los estorninos cantaban en los árboles, las nubes habían empezado a abrirse, y Allie podía ver el cielo azul entre los parches algodonosos. El sol todavía permanecía oculto, pero sabía que no tardaría en ganar algunos claros. Sin duda iba a ser un día hermoso, la clase de día que le habría gustado compartir con Noah, y mientras pensaba en él, recordó las cartas que su madre le había entregado y que descansaban en el asiento delantero, a su lado.

Cogió el fajo, desató la cinta y tomó la primera carta que él le había escrito. Empezó a abrirla, pero se detuvo porque ya podía imaginar lo que encontraría en ella: seguramente un sencillo relato de lo que había hecho, recuerdos del verano, quizás algunas preguntas. Después de todo, probablemente él esperaba una respuesta por su parte. Cambió de idea y tomó la última carta que Noah le había escrito, la que estaba al final de la pila. La carta de despedida, la que más le interesaba. ¿Cómo se había despedido? ¿Cómo se habría despedido ella?

El sobre era fino; debía de contener una hoja, dos a lo sumo. Fuera lo que fuese lo que había escrito, no ocupaba mucho espacio. Primero le dio la vuelta al sobre y lo examinó. No había remitente, solo la dirección de una calle en Nueva Jersey. Contuvo la respiración mientras rasgaba el papel con la uña.

Desdobló la hoja. Estaba fechada en marzo de 1935. Dos años y medio sin obtener respuesta.

Lo imaginó sentado ante un viejo escritorio, concibiendo la carta, consciente de que aquello era el final, y se fijó en unas manchas en el papel. Pensó que podían ser lágrimas, aunque probablemente solo eran suposiciones suyas.

Alisó la hoja y empezó a leer a la pálida luz del sol que se filtraba tamizada por la ventanilla.

> Querida Allie:
>
> Ya no sé qué más decirte, salvo que anoche no pude conciliar el sueño porque era consciente de que lo nuestro ha terminado. Para mí supone un sentimiento extraño, algo que nunca había esperado, pero al mirar atrás, supongo que no podía acabar de otro modo.
>
> Tú y yo somos diferentes, nuestros mundos son diferentes. No obstante, tú me enseñaste el valor del amor, me enseñaste qué significa querer a otra persona, y sé que gracias a ello soy un hombre más completo; no quiero que lo olvides nunca.

No me siento decepcionado por lo que ha sucedido, al contrario, estoy seguro de que lo nuestro ha sido real, y me alegro profundamente de haber compartido esos momentos mágicos contigo, aunque solo fuera por un corto período de tiempo. Y sé que si en el futuro volvemos a encontrarnos en algún lugar distante, yo te sonreiré con júbilo, y recordaré el verano que pasamos juntos, tumbados a la sombra de un árbol, abrazados, viendo cómo crecía nuestro amor. Y quizá, por un breve momento, tú también sentirás lo mismo, y me devolverás la sonrisa, y saborearás los recuerdos que nadie podrá arrebatarnos nunca.

Te amo, Allie,

NOAH

Releyó la carta, esta vez más despacio, y aún lo hizo una tercera vez antes de guardarla en el sobre. De nuevo imaginó a Noah escribiéndola y por un momento consideró la posibilidad de leer otra, pero sabía que no podía retrasarse más. Lon estaba esperándola.

Al bajar del coche notó que le temblaban las piernas. Se detuvo un momento para respirar hondo y, mientras se disponía a atravesar el aparcamiento, se dio cuenta de que todavía no estaba segura de qué iba a decirle a Lon.

De hecho no tuvo la respuesta hasta que llegó a la puerta, la abrió y lo encontró de pie en el vestíbulo.

Invierno para dos

La historia acaba aquí, así que cierro el cuaderno, me quito las gafas, y me froto los ojos. Los noto cansados e irritados, pero hasta el día de hoy no me han fallado, aunque pronto lo harán, seguro. Ni ellos ni yo somos eternos. La miro ahora que he acabado, pero no me devuelve la mirada, sino que mantiene la vista fija en la ventana que da al jardín, donde se congregan los familiares y los amigos.

Mis ojos siguen los suyos, y juntos observamos la misma escena. En todos estos años, la rutina diaria no ha cambiado. Cada mañana, una hora después del desayuno, empiezan a llegar. Gente joven, sola o con la familia, que viene a visitar a los residentes. Traen fotografías y regalos, y o bien se sientan en los bancos o pasean por los senderos flanqueados por árboles, diseñados para crear la ilusión de que estamos rodeados de naturaleza. Algunos se quedan todo el día, pero la mayoría se marcha al cabo de unas horas, y cuando lo hacen, siempre siento tristeza por los que se quedan aquí. A veces me gustaría saber qué piensan mis amigos cuando ven que las personas que quieren se van en coche, pero sé que no es asunto mío. Nunca se lo pregunto, porque he aprendido que todo el mundo tiene derecho a guardar sus propios secretos.

No obstante, pronto les revelaré algunos de los míos.

Y

Deposito el cuaderno y la lupa en la mesa situada a mi lado y noto el dolor que el movimiento me provoca en los huesos. De nuevo siento ese desagradable frío en mi interior. Ni siquiera el sol de la mañana logra transmitirme ni un ápice de calor, aunque eso ya no me sorprende, porque últimamente mi cuerpo impone sus propias reglas.

De todos modos, la suerte no me ha abandonado por completo. El personal me conoce y sabe mis limitaciones, y hace cuanto está en su mano para que me sienta más cómodo. Me han dejado una tetera caliente en la mesita rinconera, y la agarro con ambas manos. Servirme la infusión en una taza y bebérmela me supone un enorme esfuerzo, pero lo hago porque sé que el té me templa la garganta y porque supongo que el ejercicio físico será de ayuda para que no se me atrofien del todo las articulaciones. Aunque la verdad es que me siento totalmente rígido, oxidado como un viejo coche hecho chatarra que llevara demasiado tiempo abandonado en un desguace.

Esta mañana he leído en voz alta para ella, tal y como hago cada día, porque es algo que he de hacer. No por obligación —aunque, supongo que alguien podría alegar lo contrario—, sino por otra razón más romántica. Me gustaría sobremanera poder explicarlo mejor, pero aún no es el momento, y no es posible hablar de historias románticas antes de almorzar, por lo menos yo no puedo. Además, tampoco sé cómo acabará todo esto, y para ser sincero, es mejor que no me haga muchas ilusiones.

Ahora pasamos los días juntos, pero las noches separados. Los médicos me dicen que no puedo quedarme con ella después de que anochezca. Comprendo perfectamente las razones, y a pesar de que acepto las normas con resignación, a veces las infrinjo: cuando ya ha oscurecido y todo está en silencio, salgo sigilosamente de mi habitación, voy a la suya y la contemplo mientras duerme. Ella no lo sabe. Entro a contemplar su plácida respiración y sé que, de no haber sido por ella, nunca me habría casado. Y cuando la miro, esa cara que conozco mejor que la mía, sé que yo he significado tanto o más para ella. Y eso, para mí, representa mucho más de lo que jamás podría expresar con palabras.

A veces, mientras la observo, pienso que soy muy afortunado de haber estado casado con ella casi cuarenta y nueve años. El mes que viene será nuestro aniversario. Ella me ha oído roncar durante los primeros cuarenta y cinco años, pero desde entonces hemos estado en habitaciones separadas. No duermo bien sin ella; echo de menos su compañía. Estoy inquieto y no paro de dar vueltas en la cama durante prácticamente toda la noche; me quedo tumbado, con los ojos abiertos como platos, observando las sombras que se mueven en el techo como plantas rodadoras del desierto. Duermo dos horas como máximo, y aun así me despierto antes de que amanezca, lo cual me resulta absurdo.

Pronto, esta rutina tocará a su fin. Yo lo sé, aunque ella lo ignore. Las anotaciones en mi diario son cada vez más breves y cada vez tardo menos en escribirlas. Ahora las simplifico, ya que casi todos los días transcurren idénticamente. Pero esta noche creo que copiaré un poema que me ha entregado una de las enfermeras porque ha pensado que me gustaría. Dice así:

> Jamás, hasta aquel día,
> me había asaltado un amor tan dulce y repentino.
> Su cara hizo eclosión como una tierna flor,
> robándome entero el corazón.

Puesto que tenemos todas las tardes para nosotros, las enfermeras me han pedido que pase a visitar a los demás. Normalmente lo hago, ya que soy el lector oficial y me necesitan, o por lo menos eso dicen. Paseo por los pasillos y elijo la habitación a la que quiero entrar porque soy demasiado viejo para intentar adaptarme a una rutina, pero en el fondo siempre sé quién me necesita. Son mis amigos, y cuando abro una puerta, veo una habitación muy parecida a la mía, siempre en penumbra, iluminada únicamente por las luces del programa *La ruleta de la fortuna* y la reluciente sonrisa de su presentadora, Vanna White. El mobiliario es el mismo en todos los cuartos, y el volumen de los televisores está excesivamente alto porque aquí todos son sordos.

Hombres o mujeres, todos me sonríen cuando entro y hablan en susurros mientras apagan la tele. «Cuánto me alegro de que hayas venido», me dicen, y entonces me preguntan por mi esposa. A veces les hablo de ella, de su dulzura y su encanto, y describo cómo me enseñó a ver el mundo como el lugar tan especial que es, o les cuento nuestros primeros años juntos y cómo lo único que necesitábamos era abrazarnos bajo el cielo estrellado. En algunas ocasiones, les narro nuestras aventuras entre susurros, las exposiciones de arte en Nueva York y París o las insólitas opiniones de los críticos escritas en idiomas que no comprendo. Sin embargo, lo más frecuente es que sonría mientras les aseguro que ella sigue siendo la misma mujer maravillosa, y entonces me dan la espalda, porque no quieren que les vea la cara. Mis relatos les recuerdan que los años no pasan en balde y que cada vez están más cerca de la muerte. Entonces me siento a su lado y leo poesía para apaciguar sus temores.

> Serénate, siéntate cómoda conmigo...
> Mientras el sol no te excluya, no te excluiré;
> mientras las aguas no se nieguen a brillar para ti y las hojas a susurrar para ti, mis palabras
> no se negarán a brillar y a susurrar para ti.

Y sigo leyendo en voz alta, para que sepan quién soy.

> Vago toda la noche en mi visión...
> Inclinándome con los ojos abiertos sobre los ojos cerrados de los durmientes,
> errante y confundido, abstraído, fuera de lugar, contradictorio,
> vagando, contemplando, inclinándome y deteniéndome.

Si mi esposa pudiera, me acompañaría en mis correrías cada tarde, ya que una de sus pasiones era precisamente la poesía. Thomas, Whitman, Eliot, Shakespeare y el rey David y sus Salmos. Amantes de palabras, artesanos de la lengua. Mirando atrás, me sorprende mi propia pasión por la poesía, y a veces incluso ahora me arrepiento. La poesía aporta una gran belleza a la vida, pero también una gran tristeza, y no estoy seguro de que sea un intercambio justo para una persona de mi edad. Un hombre debería disfrutar de otros caprichos, si puede, como pasar sus últimos días al sol. Los míos los pasaré bajo una lámpara de lectura.

Regreso a su lado y ocupo la silla junto a su cama. Al sentarme me duele la espalda. Por enésima vez, me recuerdo que he de pedir otro cojín para estar cómodo en este asiento. Le tomo la mano, frágil, toda huesos. Me gusta su tacto. Ella responde con una contracción muscular, y poco a poco su pulgar empieza a acariciarme suavemente. No hablo hasta que lo hace ella; he aprendido la lección. Casi todos los días me siento en silencio hasta que anochece, y normalmente ella no da ninguna señal.

Los minutos pasan, hasta que por fin se vuelve hacia mí. Está llorando. Le sonrío y le suelto la mano. Busco en mi bolsillo, saco un pañuelo y le seco las lágrimas. Ella me mira mientras lo hago, y me pregunto qué estará pensando.

—Qué historia más bonita.

Fuera ha empezado a llover. Las diminutas gotas repiquetean en la ventana con suavidad. Vuelvo a cogerle la mano. Hoy será un buen día, sí señor, un día mágico. Y, sin poder evitarlo, sonrío.

—Sí que lo es —le contesto.

—¿La has escrito tú? —se interesa. Su voz es como un susurro, un viento sutil que barre las hojas.

—Sí —respondo.

Ella se vuelve hacia la mesita de noche. Su medicina está en una tacita de plástico. La mía también. Pequeñas píldoras con los colores del arcoíris para que no nos olvidemos de tomarlas. Ahora me traen las mías aquí, a su habitación, aunque en teoría no están autorizados a hacerlo.

—Me la has contado más veces, ¿verdad?

—Sí —le confirmo, tal y como hago cada vez en días como este. He aprendido a ser paciente.

Ella me observa fijamente. Sus ojos son verdes como las olas del océano.

—Me reconforta —confiesa.

—Lo sé. —Asiento levemente con la cabeza.

Ella gira la cara y yo espero a que diga algo más. Me suelta la mano para coger su vaso de agua. Está en su mesita de noche, junto a la medicina. Toma un sorbo.

—¿Es una historia real? —Se incorpora un poco más en la cama y toma otro sorbo. Su cuerpo todavía está fuerte—. Quiero decir, ¿conociste a esta gente?

—Sí. —Podría añadir algo más, pero normalmente no lo hago. Sigue siendo tan preciosa... Me pregunta lo obvio:

—Y al final, ¿con quién se casa la chica?

Yo contesto:

—Con el que era mejor para ella.

—¿Cuál de los dos?

Sonrío.

—Ya lo averiguarás —respondo serenamente—. Antes de que el día toque a su fin, lo descubrirás.

Ella no sabe qué pensar sobre mi respuesta, pero no insiste. Entonces se muestra inquieta. Está pensando en la forma de hacerme otra pregunta, pero no sabe cómo plantearla. Al final decide postergarla y toma una de las tacitas de papel.

—¿Esta es la mía?

—No, es la otra. —Me inclino y empujo la tacita que contiene su medicación. No puedo agarrarla con los dedos. Ella la coge y se queda mirando las píldoras. Por la forma en que las observa, sé que no tiene ni idea de para qué son. Uso ambas manos para sujetar mi taza y me echo las píldoras a la boca. Ella me imita. Hoy no ha sido necesario bregar para que se las tome; así es más fácil. Levanto la taza teatralmente, como para brindar, y me quito el mal sabor de las pastillas con unos sorbos de té. Empieza a hacer frío. Ella se traga las píldoras con fe, ayudándose con unos tragos de agua.

Un pájaro ha empezado a trinar al otro lado de la ventana y los dos volvemos simultáneamente la cabeza hacia el pequeño cantor. Permanecemos sentados en silencio durante un rato, disfrutando de esos bellos momentos. Entonces el pájaro emprende el vuelo, y ella suspira.

—Tengo que preguntarte una cosa —dice.

—Sea lo que sea, intentaré contestarte.

—Me resulta difícil...

Ella evita mirarme, de forma que no le veo los ojos. Así es como suele ocultar sus pensamientos. Algunas cosas nunca cambian.

—Tómate todo el tiempo que necesites —la tranquilizo. Ya sé lo que me preguntará.

Al cabo, se vuelve hacia mí y me contempla abiertamente. Me ofrece una sonrisa afectuosa, la clase de sonrisa que uno le dedica a un niño, no a su pareja.

—No quiero herir tus sentimientos porque has sido muy amable conmigo, pero...

Espero. Sé que sus palabras me dolerán, me arrancarán un trozo del corazón y dejarán una fea cicatriz.

—¿Quién eres?

Hace tres años que vivimos en Creekside Extended Care Facility, una residencia para la tercera edad. Fue ella quien decidió que nos instaláramos aquí, en parte porque estaba cerca de nuestra casa, pero también porque pensó que sería más fácil para mí. Cerramos la casa porque no soportábamos la idea de venderla, firmamos unos documentos, y en un abrir y cerrar de ojos nos concedieron un lugar para vivir y morir a cambio de renunciar a una parte de la libertad por la que tanto habíamos luchado toda la vida.

Ella acertó con su decisión de venir a este lugar. Yo no habría podido apañarme solo, de ningún modo, ya que la enfermedad gravita sobre nosotros, sí, sobre los dos. Nos hallamos en el ocaso de nuestras vidas, y las horas siguen pasando sin clemencia. El reloj en la pared marca cada minuto, cada segundo, sonoramente. Me pregunto si soy el único que lo oye.

Un dolor agudo se extiende progresivamente por mis dedos, recordándome que no hemos entrelazado nuestras manos desde que nos trasladamos a vivir aquí. Eso me entristece, pero la culpa es mía, y no suya. Es esta dichosa artritis en la peor de sus formas: reumatoide y avanzada. Mis dedos se retuercen grotescamente, y me duelen horrores durante casi todas las horas que estoy despierto. Me miro las manos y me espanto; preferiría que me las amputaran, pero claro, entonces no podría desempeñar la escasa actividad que he de llevar a cabo, así que uso mis garras, como a veces las llamo, y cada día le sujeto las manos a pesar del dolor, y hago todo lo que puedo para mantenerlas entre las mías porque eso es lo que ella quiere que haga.

Aunque según la Biblia un hombre puede vivir hasta los ciento veinte años, yo no lo deseo, aunque de todas formas no creo que mi organismo resistiera por más que me lo propusiera. Mi cuerpo se desmorona, va muriendo poco a poco, trocito a trocito, con una erosión interna constante e implacable, que roe cada una de mis articulaciones. Mis manos son ya casi inservibles, me han empezado a fallar los riñones, y mi ritmo cardíaco es cada mes más débil. Peor aún: vuelvo a tener cáncer, esta vez de próstata. Es mi tercer careo con el enemigo invisible, y sé que tarde o temprano acabará venciéndome, aunque no pienso regalarle la batalla. Los médicos están preocupados por mí, pero yo no. Con el poco tiempo que me queda de vida, no tengo tiempo para preocuparme.

Cuatro de nuestros cinco hijos todavía están vivos, y aunque no les resulta nada fácil desplazarse hasta aquí, vienen a vernos a menudo, lo que les agradezco de todo corazón. Pero incluso cuando no están aquí físicamente, pienso en ellos cada día, sí, los tengo muy presentes, a todos ellos, y me evocan las sonrisas y las lágrimas que conlleva el proceso de formar y ver crecer una familia. Una docena de fotos adornan las paredes de mi habitación. Son mi legado, mi contribución al mundo. Me siento muy orgulloso de ellos. A veces me pregunto qué piensa mi esposa de nuestros hijos mientras sueña, o si los recuerda alguna vez, o incluso si conserva acaso la capacidad de soñar. Hay tantas cosas de ella que ya no consigo entender...

Me gustaría saber qué opinaría mi padre de mi vida, y qué haría él en mi lugar. Hace cincuenta años que no lo veo, y su imagen se ha convertido en una mera sombra en mis pensamientos. Ya no soy capaz de recordarlo con claridad; su cara se ha oscurecido como si detrás de él brillara una luz tamizada. No estoy seguro de si eso se debe a que me falla la memoria o simplemente es por el paso del tiempo. Solo tengo una foto de él, y está muy desgastada. Ya no aguantará muchos años más, ni yo tampoco, y el recuerdo de mi padre desaparecerá como un mensaje en la arena. Si no fuera por mis diarios, juraría que solo he vivido la mitad de los años que tengo. Ciertos períodos de mi vida parecen haberse desvanecido, e incluso ahora, cuando leo determinados párrafos, me pregunto quién era yo cuando los escribí, ya que ni siquiera recuerdo aquellos hechos de mi vida. Hay momentos en que me siento y me pregunto adónde han ido a parar todas esas vivencias.

Y

—Me llamo Duque —le digo—. Siempre he sido un fan de John Wayne.

—Duque —susurra para sí misma—. Duque... —Se queda unos momentos pensativa, con la frente surcada de arrugas y los ojos serios.

—Sí —prosigo—, estoy aquí por ti. «Y siempre lo estaré», pienso para mis adentros.

Ella se ruboriza al oír mi respuesta. Sus ojos se humedecen y se enrojecen, y las lágrimas empiezan a rodar. Me parte el corazón, y por enésima vez deseo ser capaz de hacer algo para ayudarla.

—Lo siento —me dice—. No entiendo qué me pasa. Incluso tú... Cuando te oigo hablar, tengo la sensación de que te conozco, pero no recuerdo nada. Ni tan solo mi nombre. —Se seca las lágrimas y prosigue—: Ayúdame, Duque —me pide—, ayúdame a recordar quién soy. O al menos, quién era. Me siento tan perdida...

Yo le respondo con todo mi corazón, pero le miento cuando le digo su nombre, igual que he hecho con el mío. Tengo mis razones.

—Eres Hannah, una mujer enamorada de la vida, un punto de referencia para todos aquellos con quienes has compartido tu amistad. Eres un sueño, una diosa de la felicidad, una artista que ha tocado mil almas. Has vivido una vida completa y no has querido nada más, porque tus necesidades eran espirituales y para eso solo tenías que buscar en tu interior. Eres buena y leal, capaz de ver belleza allá donde otros la ignoran. Eres una maestra de lecciones maravillosas, una auténtica soñadora de bondad.

Me detengo un momento para tomar aire y continúo:

—Hannah, no hay motivo alguno para que te sientas perdida, porque:

> Nada se pierde ni puede perderse realmente,
> ni el nacimiento, la identidad, la forma... ningún objeto del mundo.
> Ni la vida, la fuerza, ni cualquier cosa visible...

El cuerpo, lento, anciano y frío, el rescoldo de los primeros fuegos,
arderá otra vez en llamas.

Ella reflexiona un momento sobre lo que acabo de decir. En el silencio reinante, desvío la vista hacia la ventana y veo que ha dejado de llover. La luz del sol empieza a filtrarse en su habitación. Ella me pregunta:

—¿Lo has escrito tú?

—No, es de Walt Whitman.

—¿Quién?

—Un amante de las palabras, un escultor de pensamientos.

Ella no responde directamente. En vez de eso, me observa durante un largo rato, hasta que nuestras respiraciones se acompasan. Aspiramos, espiramos. Aspiramos, espiramos. Respiraciones profundas. Me pregunto si ella sabe que la encuentro preciosa.

—¿Te quedarás un rato conmigo? —me ruega.

Yo sonrío y asiento con la cabeza. Ella me devuelve la sonrisa. Busca mi mano, la toma con ternura y se la lleva a la cintura. Se queda mirando los nudos que deforman mis dedos y los acaricia levemente. Aún tiene manos de ángel.

—Ven —le digo, y me levanto con un enorme esfuerzo—. Salgamos a dar un paseo. El aire es fresco y los gansos nos esperan; hace un día espléndido. —La miro fijamente mientras pronuncio las últimas palabras.

Ella se sonroja y de nuevo me siento joven.

Se hizo famosa, por supuesto. «Una de las más célebres pintoras americanas del siglo XX», decían algunos, y yo estaba —y sigo estando— muy orgulloso de ella. Mientras que a mí me costaba horrores escribir incluso los versos más vulgares, mi esposa era capaz de crear belleza con tanta facilidad como el Señor había creado la tierra. Sus cuadros se exhiben en los museos de todo el mundo, pero yo solo he conservado dos para mí. El primero y el último que me dio. Los tengo colgados en mi habitación, y por la noche, antes de acostarme, me siento a contemplarlos y a veces lloro de emoción.

Así han transcurrido los años. Hemos vivido, trabajado, pintado, criado a nuestros hijos, y nos hemos amado mutuamente. Veo fotos de Navidades pasadas, de viajes en familia, de graduaciones y bodas. Veo nietos y caras felices. Veo fotos de los dos, con el cabello cada vez más blanco y las arrugas más profundas. Una vida tan anodina y, sin embargo, tan extraordinaria...

No podíamos predecir el futuro, pero ¿quién puede hacerlo? Desde luego, no llevo la vida que esperaba, aunque ¿qué esperaba? La jubilación, visitas de los nietos, quizá viajar más... A ella le encantaba viajar. Pensaba que a lo mejor iniciaría alguna afición tardía; posiblemente me habría decantado por las maquetas de barcos, dentro de botellas. Barcos pequeños, con todos sus detalles, algo inconcebible ahora, teniendo en cuenta el estado de mis manos. Pero no me siento amargado.

Nuestras vidas no pueden ser medidas por nuestros años finales, de eso estoy seguro, y supongo que debería haber sabido lo que acabaría deparándonos el futuro. Ahora, al mirar atrás parece obvio, pero al principio pensé que su confusión era comprensible, que no se trataba de nada excepcional. Ella olvidaba dónde había dejado las llaves, pero ¿a quién no le ha ocurrido eso alguna vez? No recordaba el nombre de algún vecino, pero nunca de alguien a quien conociéramos muy bien o a quien viéramos con frecuencia. A veces se equivocaba de año cuando extendía un cheque, pero de nuevo yo lo interpretaba como simples fallos que le pueden pasar a cualquiera cuando tiene la cabeza en otras cosas.

Hasta que incurrió en fallos más evidentes, no empecé a sospechar lo peor. La plancha en la nevera, ropa en el lavaplatos, libros en el horno. Y más cosas por el estilo.

Pero el día que la encontré en el coche, a tres manzanas de casa, inclinada sobre el volante y llorando porque se había perdido, fue cuando realmente me asusté. Y ella también estaba asustada, ya que cuando golpeé la ventanilla, se volvió hacia mí y me dijo: «¡Dios mío! ¿Qué me está pasando? Por favor, ayúdame». Se me encogió el corazón, pero no me atreví a pensar lo peor.

Seis días después acudimos al médico y Allie se sometió a una serie de pruebas. Yo no las entendí entonces, y sigo sin entenderlas ahora, aunque supongo que eso se debe a que no quiero aceptar la verdad. Estuvo casi una hora con el doctor Barnwell, y volvió a verlo al día siguiente. Fue el día más largo de mi vida. Me pasé el rato hojeando un montón de revistas y haciendo crucigramas sin concentrarme. Al final, el médico nos citó en su despacho y nos pidió que nos sentáramos. Ella se aferraba a mi brazo con confianza, pero recuerdo claramente que a mí me temblaban las manos.

—Siento mucho tener que darles malas noticias —empezó a decir el doctor Barnwell—. Al parecer, nos encontramos con los primeros síntomas de la enfermedad de alzhéimer...

Me quedé en blanco; solo podía pensar en la lámpara que pendía del techo. Las palabras resonaban en mi mente: «Los primeros síntomas de la enfermedad de Alzheimer...».

La cabeza empezó a darme vueltas a una velocidad vertiginosa, y sentí que su mano me oprimía el brazo. Ella musitó, casi para sí misma: «¡Ay, Noah! Noah...».

Mientras las lágrimas rodaban por sus mejillas, el mundo volvió a detenerse a mi alrededor.

Alzhéimer...

Es una enfermedad estéril, tan vacía y seca como el desierto. Es un ladrón de corazones, almas y recuerdos. No sabía cómo consolarla mientras ella sollozaba pegada a mi pecho, así que me limité a estrecharla entre mis brazos y la acuné con ternura.

El médico nos miraba con aire afligido. Era un buen hombre, y la situación le resultaba penosa. Era más joven que mi hijo menor, y su edad me hizo más consciente de la mía. Mi mente sufría estragos, mi amor se tambaleaba, y la única cosa que pensé fue:

> Un hombre que se ahoga no puede saber cuál fue la gota de agua que detuvo con su último aliento.

Palabras de un poeta sabio y, sin embargo, no me proporcionaron ningún consuelo. No sé qué quieren decir ni por qué se me ocurrieron en ese momento.

Seguí acunándola, meciéndonos adelante y atrás, y Allie, mi sueño, la siempre bella, me pidió perdón. Yo sabía que no había nada que perdonar, y le susurré al oído: «Ya lo verás, todo saldrá bien», le dije, pero en el fondo estaba muerto de miedo. Me sentía como un cascarón vacío, sin nada que ofrecer, tan vacío como una cañería vieja.

Solo recuerdo fragmentos de la explicación que nos dio el doctor Barnwell:

—Es una enfermedad cerebral degenerativa que va destruyendo la memoria y la personalidad... No existe cura o tratamiento... No hay forma de saber con qué rapidez avanzará... Varía de una persona a otra... Ojalá tuviera más información... Habrá días mejores que otros... El mal empeorará con el tiempo... Siento tener que ser yo la persona que les dé estas malas noticias...

Lo siento...

Lo siento...

Lo siento...

Todo el mundo lo sentía. Mis hijos se quedaron desolados, mis amigos asustados por sí mismos. No recuerdo cómo abandonamos la consulta del médico ni el trayecto de vuelta a casa en coche. Mis recuerdos de ese día se han borrado por completo; al menos en eso estoy en las mismas condiciones que mi esposa.

Han pasado cuatro años. Desde entonces nos hemos

apañado lo mejor que hemos podido, si eso es posible. Allie se organizó y mostró una gran fortaleza de espíritu. Hizo todos los preparativos para dejar la casa y trasladarse a vivir aquí. Revisó su testamento y lo mandó al notario. Dejó instrucciones específicas para su entierro. Las tengo guardadas en mi escritorio, en el último cajón. No las he leído. Y cuando lo tuvo todo listo, empezó a escribir: cartas a amigos y a niños; cartas a hermanos y hermanas y primos; cartas a sobrinas, sobrinos y vecinos. Y una dirigida a mí.

A veces, si me siento con ánimos, la leo, y entonces recuerdo a Allie en las frías tardes de invierno, sentada junto al fuego que chisporroteaba en la chimenea y con una copa de vino a su lado, leyendo las cartas que yo le había ido escribiendo a lo largo de los años. Ella las guardaba todas, pero ahora soy yo quien las conserva, ya que me hizo prometerle que así lo haría. Me dijo que yo sabría qué hacer con ellas. Tenía razón; he descubierto que me gusta leer fragmentos de esas cartas igual que hacía ella en el pasado. Me intrigan, ya que cuando las examino me doy cuenta de que el romanticismo y la pasión son posibles a cualquier edad. Cuando miro a Allie tengo la tentación de pensar que nunca la he amado tanto como ahora, pero a medida que leo las cartas, me doy cuenta de que mis sentimientos por ella siempre han sido los mismos.

La última vez que las leí fue hace tres noches, pasada mi hora de dormir. Eran casi las dos de la madrugada cuando me acerqué al escritorio y encontré la pila de cartas, voluminosa y amarillenta. Desaté la cinta, que casi tenía medio siglo, y mis manos se llenaron de las misivas que su madre había ocultado tanto tiempo atrás más otras muchas que escribí después. Una vida entera reflejada en esas cartas, cartas en las que le profesaba mi amor, cartas escritas con todo mi corazón. Las contemplé con una sonrisa en los labios, sin estar seguro de cuál escoger. Al final abrí la que le escribí en nuestro primer aniversario.

Leeré un fragmento:

> Cuando te veo ahora, moviéndote despacio, con una nueva vida creciendo dentro de ti, no sé cómo expresarte lo mucho que significas para mí, y lo especial que ha sido este año. No hay hombre más afortunado que yo, y te amo con toda el alma.

La dejé a un lado, rebusqué en el montón y seleccioné otra, que había escrito en una tarde fría, treinta y nueve años atrás.

> Sentado a tu lado, mientras nuestra pequeña hijita entonaba un villancico desafinado en la fiesta de Navidad del colegio, te he mirado y he visto un orgullo que solo nace de aquellos que saben amar profundamente, y me he dicho que no puede haber hombre más afortunado que yo.

Y cuando murió nuestro hijo, el que más se parecía a su madre... Fue el momento más duro de nuestra vida, y las palabras conservan toda su fuerza:

> En momentos de pena y sufrimiento, te abrazaré y te reconfortaré, tomaré tu tristeza y la haré mía. Cuando llores, yo también lloraré, y cuando te sientas herida, yo me sentiré igual. Y juntos intentaremos controlar la marea de lágrimas y desesperación para seguir avanzando y sorteando las accidentadas sendas de la vida.

Una breve pausa para recordar a mi hijo. Tenía cuatro años cuando murió, prácticamente un bebé. Yo he vivido ochenta años más que él, pero si me preguntan, habría dado mi vida por la suya con los ojos cerrados. Es terrible tener que enterrar a un hijo, una tragedia que no le deseo a nadie.

Procuré controlar las lágrimas, volví a escarbar entre la pila de cartas para serenarme, y encontré la de nuestro vigésimo aniversario, algo mucho más grato que recordar:

Cuando te veo, amor mío, por la mañana antes de la ducha o en tu estudio cubierta de pintura, con el pelo enmarañado y los ojos cansados, no me queda duda de que eres la mujer más bella del mundo entero.

Ese es el tono general de esta correspondencia de la vida y del amor. Leí muchas más, algunas dolorosas, la mayoría conmovedoras. A las tres de la madrugada me sentía cansado, pero había llegado al final de la pila. Solo quedaba una carta, la última que le escribí, y en ese momento comprendí que tenía que leerla.

Saqué las dos hojas, dejé la segunda a mi lado y puse la primera a la luz de la lamparita, para verla mejor. Empecé a leer:

Querida Allie:

El porche está en silencio salvo por los sonidos que flotan entre las sombras. Esta vez me veo incapaz de expresar lo que siento con palabras. Es una experiencia extraña, ya que cuando pienso en ti y en la vida que hemos compartido y en tantos recuerdos... Sí, una vida entera de recuerdos. Pero ¿expresarlos con palabras, justo ahora? No sé si me veo capaz de hacerlo. No soy poeta, y sin embargo se requiere un poema para expresar todo lo que siento por ti.

Así que dejo volar mi imaginación, hasta esta mañana, inmerso en un mar de recuerdos, mientras preparaba el café. Kate estaba aquí, y también Jane, y las dos se han quedado calladas cuando he entrado en la cocina. He visto sus ojos llorosos, y sin decir ni una palabra, me he sentado junto a ellas en la mesa y les he estrechado las manos. ¿Y sabes lo que he visto cuando las he mirado? Te he visto a ti, hace muchos años, el día que me dijiste adiós. Se parecen mucho a ti y a cómo eras por entonces: bella y sensible, y herida con el dolor que nace cuando a uno le arrebatan algo muy especial. Y por una razón que no alcanzo a comprender, me he sentido inspirado a contarles una historia.

He llamado a Jeff y a David para que vinieran a la cocina, ya que también se encontraban aquí, y cuando los cuatro han estado listos, les he hablado de nosotros y de cómo regresaste a mi vida. Les he contado nuestro paseo, y la cena de cangrejos en la cocina, y ellos me han escuchado con una sonrisa en los labios cuando les he descrito la excursión en barca, y cómo nos sentamos después frente al fuego mientras la tormenta rugía en el exterior. Les he dicho que tu madre vino a avisarnos acerca de Lon al día siguiente —ellos parecían tan sorprendidos como nos quedamos nosotros— y sí, también les he referido lo que sucedió un poco más tarde, ese mismo día, después de que regresaras a la ciudad.

Tengo muy presente esa parte de la historia, incluso ahora, después de tanto tiempo. A pesar de que yo no estaba allí, me la describiste solo una vez, y me acuerdo que me quedé impresionado por la determinación que demostraste ese día. Todavía me cuesta imaginar qué te pasó por la cabeza cuando entraste en el vestíbulo y viste a Lon, o qué sentiste al hablar con él. Me contaste que los dos abandonasteis el hotel y os sentasteis en un banco junto a la vieja iglesia metodista, y que él no te soltó la mano ni un momento, incluso mientras tú le decías lo que le tenías que decir.

Sé que lo querías. Y su reacción me demuestra que él también te amaba. No, él no podía hacerse a la idea de perderte, ¿cómo iba a poder? Por más que le dijeras que siempre me habías amado, y que eso no sería justo para él, Lon no te soltó la mano. Sé que se sentía herido y enfadado, y que se pasó casi una hora intentando convencerte para que cambiaras de idea, pero cuando te pusiste de pie y dijiste con resolución: «Lo siento, no puedo volver contigo», él comprendió que tu decisión era firme. Me comentaste que se limitó a asentir con un gesto y que los dos os quedasteis sentados un buen rato en silencio. Siempre me he preguntado en qué debía de estar pensando Lon mientras permanecía sentado a tu lado, pero estoy seguro de que era lo mismo que yo había sentido unas horas antes. Y cuando finalmente te acompañó hasta el coche, me comentaste que te dijo que yo era un hombre afortunado. Se comportó como un verdadero caballero, y entonces comprendí por qué te había costado tanto tomar una decisión.

Cuando he acabado de contarles la historia, la habitación se ha quedado en silencio hasta que Kate se ha levantado para abrazarme. «¡Oh, papá!», ha exclamado con lágrimas en los ojos, y aunque mi intención era contestar a sus preguntas, no me han hecho ninguna. En vez de eso, me han regalado algo mucho más especial.

Durante las siguientes cuatro horas, cada uno me ha contado lo mucho que tú y yo, los dos, hemos significado para ellos a lo largo de sus vidas. Uno a uno, me han ido contando anécdotas que ya daba por olvidadas. Y al final no he podido evitar ponerme a llorar, porque me he dado cuenta de lo bien que los hemos criado. Me he sentido tan orgulloso de ellos, y tan orgulloso de ti, y tan feliz de la vida que hemos compartido... Y eso es algo que ni nada ni nadie podrá arrebatarnos. Nunca. Cuánto me habría gustado que hubieras estado aquí, para disfrutar de esos momentos tan especiales conmigo...

Cuando se han marchado, me he sentado en la mecedora en silencio, repasando de nuevo nuestra vida en común. Tú siempre estás presente cuando lo hago, al menos en mi corazón, y me resulta imposible recordar ningún momento en el que no hayas formado parte de mi vida. No sé en quién me habría convertido si no hubieras regresado a mi lado aquel día, pero no tengo la menor duda de que habría vivido y muerto con una gran pena que, gracias a Dios, nunca he tenido que sufrir.

Te quiero, Allie. Soy quien soy gracias a ti. Tú eres todas mis razones, todas mis esperanzas y todos los sueños que he albergado, y no importa lo que nos depare el futuro: para mí, cada día que estoy contigo es el más importante de mi vida. Siempre seré tuyo.

Y, amor mío, tú siempre serás mía.

NOAH

Dejé las hojas y recordé el día en que Allie se sentó en el porche a mi lado y leyó esta carta por primera vez. Había empezado a anochecer, y el cielo estival estaba surcado por unos bellos trazos rojos que marcaban el final del día. El cielo iba cambiando de color; yo estaba contemplando la puesta de sol y recuerdo que pensé en ese efímero momento en que el día da paso a la noche.

En ese momento me di cuenta de que el anochecer es solo una ilusión, porque el sol sigue estando presente, ya sea por encima o por debajo de la línea del horizonte. Y eso significa que el día y la noche están unidos como muy pocas cosas lo están; no pueden estar el uno sin el otro, pero tampoco pueden existir a la vez. Recuerdo que pensé: «¿Cómo debe de ser estar siempre juntos pero al mismo tiempo separados?».

Al considerar lo ocurrido, me parece paradójico que ella leyera mi carta en el preciso momento en que yo me formulaba esa pregunta. Es paradójico, por supuesto, porque ahora conozco la respuesta. Sé muy bien lo que significa vivir como la noche y el día, siempre juntos y eternamente separados.

El lugar donde Allie y yo estamos sentados esta tarde es realmente hermoso. Este es el pináculo de mi vida. Todos mis amigos están en el río: los pájaros, los gansos. Sus cuerpos flotan en el agua fría, que refleja fragmentos de sus colores y los hace parecer más grandes de lo que son. Allie también está cautivada por su belleza, y poco a poco empezamos a conocernos de nuevo.

—Me gusta charlar contigo. Lo echo mucho de menos, aunque no haya pasado tanto desde la última vez.

Soy sincero y ella lo sabe, pero todavía se muestra recelosa. Después de todo, para ella soy un extraño.

—¿Lo hacemos a menudo? —me pregunta—. Me refiero a esto de sentarnos aquí a observar las aves. Quiero decir, ¿nos conocemos?

—Sí y no. Creo que todos tenemos nuestros secretos, pero hace muchos años que nos conocemos.

Ella se mira las manos, y luego las mías. Parece reflexionar unos momentos y su cara adopta un gesto que la hace parecer joven de nuevo. No llevamos las alianzas de matrimonio. También hay un motivo para esto. Ella me interroga:

—¿Has estado casado alguna vez?

Yo asiento con la cabeza.

—Sí.

—¿Cómo era ella?

Le digo la verdad:

—Era mi sueño. Soy lo que soy gracias a ella y, para mí, estrecharla entre mis brazos era más natural que oír los latidos de mi corazón. Pienso en ella constantemente. Incluso ahora, mientras estoy sentado aquí, estoy pensando en ella. No podría haber habido ninguna otra mujer en mi vida.

Allie me escucha con atención. No sé cómo se siente tras esta declaración. Cuando vuelve a hablar, lo hace con ternura, con su voz angelical, sensual. Me pregunto si ella sabe que me inspira estos sentimientos.

—¿Está muerta?

«¿Qué es la muerte?», me pregunto, pero no lo digo.

—Mi esposa todavía está viva en mi corazón. Siempre lo estará.

—Todavía la amas, ¿no es cierto?

—Por supuesto. Pero también amo muchas cosas. Amo estar sentado aquí contigo. Amo compartir la belleza de este lugar con alguien por quien siento afecto. Amo contemplar cómo el águila pescadora se zambulle en el río en busca de su presa.

Se queda callada unos momentos. Aparta la mirada y no puedo ver su cara. Hace años que ese gesto evasivo se ha convertido en un hábito para ella.

—¿Por qué haces esto? —me pregunta sin miedo, solo con curiosidad.

Es una buena reacción. Sé lo que significa, pero de todos modos le pregunto:

—¿El qué?

—¿Por qué pasas el día conmigo?

Sonrío.

—Estoy aquí porque es donde debo estar. Es muy sencillo: tú y yo estamos pasando un buen rato. No creas que pierdo el tiempo contigo; estoy aquí porque quiero, me siento aquí y hablamos y me digo: «¿Qué hay mejor que lo que estoy haciendo en estos momentos?».

Ella me mira a los ojos y, por un momento, por un efímero momento, sus ojos brillan. Una leve sonrisa se perfila en sus labios.

—Me gusta estar contigo, pero estoy intrigada. Admito que disfruto con tu compañía, pero no sé nada de ti. No espero que me cuentes la historia de tu vida, pero ¿por qué te muestras tan misterioso?

—Una vez leí que a las mujeres os gustan los desconocidos misteriosos.

—¿Lo ves? No has contestado a mi pregunta. No has contestado a casi ninguna de mis preguntas. Ni tan solo me has dicho cómo acababa la historia esta mañana.

Me limito a encogerme de hombros. Permanecemos sentados un rato en silencio. Finalmente le pregunto:

—¿Es cierto?

—¿El qué?

—¿Que a las mujeres os gustan los desconocidos misteriosos?

Ella reflexiona y se echa a reír. Entonces contesta lo mismo que diría yo:

—Supongo que a algunas sí.

—¿A ti no?

—No me pongas en un aprieto. No te conozco tan bien como para que nos excedamos en confianzas. —Me está provocando, y me encanta.

Seguimos sentados en silencio, observando el mundo a nuestro alrededor. Hemos tardado toda una vida en aprender a hacerlo. Parece que solo los viejos somos capaces de estar juntos sin decirnos nada y sentirnos cómodos. Los jóvenes, impetuosos e impacientes, siempre tienen que romper el silencio. Eso sí que es una pérdida de tiempo, ya que el silencio es oro. El silencio es sagrado;

tiene la capacidad de unir a la gente, porque solo aquellos que se sienten cómodos en compañía de otro pueden estar juntos sin hablar. Una auténtica paradoja.

El tiempo pasa y, poco a poco, nuestra respiración vuelve a acompasarse, igual que por la mañana. Respiraciones amplias y profundas, respiraciones relajadas, y hay un momento en que ella incluso se queda adormilada, como sucede a menudo cuando alguien se siente cómodo. Me pregunto si los jóvenes son capaces de disfrutar de estos momentos. Por fin se despierta y se produce un pequeño milagro.

—¿Has visto ese pájaro? —Ella señala hacia un punto, y yo aguzo la mirada. Es un milagro que pueda verlo, pero el sol brilla, y también lo veo. Lo señalo.

—Una pagaza piquirroja —comento reposadamente, y le dedicamos toda nuestra atención y la contemplamos mientras planea por encima del río. Y, como un viejo hábito redescubierto, cuando bajo el brazo, apoyo la mano en su rodilla y ella no me pide que la retire.

Allie tiene razón acerca de mi comportamiento enigmático. En días como este, cuando solo le falla la memoria, me muestro vago en mis respuestas porque a lo largo de estos últimos años he herido a mi esposa sin querer muchas veces, con deslices desafortunados de mi lengua, y estoy decidido a que no vuelva a suceder. Así que me limito a contestar solo lo que me pregunta, a veces con evasivas, y nunca le ofrezco información que no me haya pedido.

Es una decisión difícil, que tiene su lado bueno y su lado malo, pero necesaria, ya que del conocimiento nace el dolor. Para limitar el dolor, limito mis respuestas. Hay días en que ella no sabe que tiene hijos ni que estamos casados. Lo siento, pero no pienso cambiar de actitud.

¿Esto me convierte en un ser deshonesto? Quizá, pero demasiadas veces la he visto aplastada por el torrente de información que supone su vida. ¿Podría mirarme en el espejo con serenidad, sin que las lágrimas acudieran a mis ojos, sabiendo que he lastimado a la persona más importante de mi vida? No, no podría, y ella tampoco. Lo sé porque así fue como me comporté al principio de esta odisea: empecinado en procurar que no olvidara su vida, su matrimonio, sus hijos, sus amigos y su trabajo... Preguntas y respuestas en el formato del programa televisivo *Esta es tu vida*.

Fueron tiempos difíciles para los dos. Yo era una enciclopedia, un objeto sin sentimientos, que le contaba quién, dónde y qué había pasado en su vida, cuando en realidad lo que importa, lo que hace que todo valga la pena es el porqué, aquello que no sé y que no puedo contestar. Ella se pasaba horas examinando fotos de su juventud olvidada, sosteniendo pinceles que no le inspiraban nada y leyendo cartas de amor que no le reportaban ninguna alegría. Al final, empezaba a acusar el cansancio, se afligía, se amargaba, y acababa el día peor que por la mañana. Malgastábamos el tiempo, y ella se sentía perdida. Y, egoístamente, yo también.

Así que cambié. Me convertí en Magallanes o en Colón, un explorador de los entresijos de la mente, y aprendí, con torpeza y paulatinamente, qué debía hacer. Y he descubierto cosas que a un niño le resultan obvias: que la vida es simplemente una colección de vivencias a las que les ponemos un título, cada una de ellas de una duración limitada; que deberíamos pasarnos los días descubriendo la belleza de las flores y de la poesía y hablando con los animales; que no hay nada como un día dedicado a soñar, a disfrutar del atardecer y de la brisa fresca. Pero, por encima de todo, aprendí que, para mí, la vida únicamente consiste en sentarme en un viejo banco junto a un río con mi mano sobre su rodilla y, a veces, en los días buenos, enamorarme.

—¿En qué piensas? —me pregunta.

Empieza a anochecer. Nos hemos levantado del banco

y arrastramos los pies por los caminitos iluminados que serpentean a lo largo del patio. Ella se agarra a mi brazo, soy su escolta. Ha sido ella quien ha tomado la iniciativa; quizá se siente cautivada por mi persona, o quizá se aferra a mí simplemente para no caerse. Sea como fuere, sonrío.

—Pienso en ti.

Ella no hace ningún comentario, solo me da un cariñoso apretón en el brazo, y me doy cuenta de que le ha gustado mi respuesta. Tantos años juntos me permiten detectar esas pistas, aunque ella ya no sea capaz de reconocerlas. Continúo:

—Ya sé que no recuerdas quién eres, pero yo sí, y cada vez que te miro, me siento muy feliz.

Ella me propina unas palmaditas en el brazo y sonríe.

—Eres muy amable y tienes buen corazón. Espero haber disfrutado contigo tanto en el pasado como estoy disfrutando ahora.

Caminamos un poco más. Al cabo, ella dice:

—He de contarte una cosa.

—Adelante.

—Creo que tengo un admirador.

—¿Un admirador?

—Sí.

—¡Vaya!

—¿No me crees?

—Pues claro que sí.

—Más te vale.

—¿Por qué?

—Porque creo que eres tú.

Medito acerca de su comentario mientras caminamos en silencio. Cogidos de la mano, dejamos atrás las habitaciones y el patio. Llegamos al jardín, donde abunda una exuberante vegetación silvestre, y la invito a detenerse. Preparo un ramillete, con flores rojas, rosas, amarillas y violetas, y se lo regalo. Ella se las acerca a la nariz y las huele con los ojos entornados mientras susurra: «Son muy bonitas». Seguimos el paseo, ella con una mano apoyada en mi brazo y la otra sujetando las flores. La gente nos mira, porque, según dicen, somos como un milagro. En cierto modo es verdad, aunque la mayoría de las veces no tengo tanta suerte.

—¿Crees que soy yo? —le pregunto finalmente.

—Sí.

—¿Por qué?

—Porque he encontrado lo que escondías.

—¿El qué?

—Esto —me dice, y orgullosa me muestra un papel que sostiene en la mano—. Lo he encontrado debajo de mi almohada.

Lo leo en voz alta:

El cuerpo decae con dolor mortal, pero mi promesa
se mantiene firme en el ocaso de nuestros días.
Una caricia tierna que culmina con un beso
despertará la dicha del amor.

—¿Hay algo más? —le pregunto.

—He encontrado esto en el bolsillo de mi abrigo.

Has de saber que nuestras almas eran una,
y siempre lo serán;
tu cara radiante, en el espléndido amanecer,
te busco y encuentro mi corazón.

—Ya veo —me limito a decir.

Paseamos mientras el sol acaricia el horizonte y difunde los últimos rayos sobre nosotros. Muy pronto, la luz plateada de la luna se erige como el único recuerdo del día, mientras seguimos hablando de poesía. Ella está cautivada por esa situación tan romántica.

Cuando llegamos a la puerta, me siento cansado. Ella lo sabe, así que me detiene con la mano y me obliga a mirarla a la cara. Obedezco y me doy cuenta de cómo se ha encorvado mi osamenta. Ella y yo somos ahora de la misma estatura. A veces me alegro de que no se dé cuenta de mi deterioro. Se vuelve hacia mí y se queda mirándome durante un buen rato.

—¿Qué haces? —le pregunto.

—No quiero olvidarte ni olvidar este día, así que estoy intentando mantener vivo tu recuerdo.

Me pregunto si esta vez dará resultado, pero sé que no será así. Es imposible. Sin embargo, no le revelo mis pensamientos; en vez de eso, sonrío porque sus palabras me han enternecido.

—Gracias —le digo.

—Hablo en serio. No quiero olvidarte de nuevo. Eres muy especial para mí; no sé qué habría hecho hoy sin ti.

Noto un nudo en la garganta. Sus palabras destilan emoción, la misma emoción que siento yo cada vez que pienso en ella. Sé que ese es el motivo de mi existencia, y en este preciso momento siento que la amo profundamente. ¡Cómo me gustaría ser lo bastante fuerte como para poder llevarla en brazos hasta el paraíso!

—No digas nada —me pide—. Disfrutemos de este bello instante en silencio.

Y lo hago, y sé que estoy en la gloria.

La enfermedad ha ido empeorando, aunque Allie es diferente de la mayoría. En la residencia hay otras tres personas que padecen este mal, y las tres son la suma de mi experiencia práctica en el tema. A diferencia de Allie, los otros han alcanzado las fases más avanzadas de alzhéimer y desvarían por completo. Se despiertan alucinando y confundidos, repitiendo las mismas preguntas una y otra vez; de los tres, dos no pueden alimentarse por sí mismos y pronto morirán. La tercera muestra una tendencia a deambular por la residencia y a perderse. Una vez la encontraron en el coche de un desconocido, a quinientos metros de aquí; desde entonces la mantienen inmovilizada en la cama. A veces pueden reaccionar de forma muy desagradable; otras veces se comportan como niños perdidos, tristes y solos. En raras ocasiones reconocen a sus cuidadores o a la gente que los quiere. Es una enfermedad caprichosa, y por eso para sus hijos y los míos resulta tan duro venir a visitarlos.

Allie tiene sus propios problemas, por supuesto, problemas que seguramente se agudizarán con el tiempo. Por las mañanas siempre está aterrorizada, y grita y llora de forma inconsolable. Dice que ve gente minúscula —supongo que como gnomos— que la observan, y les grita que se vayan y que la dejen en paz. Se ducha sin rechistar, pero normalmente le cuesta mucho comer. Se ha quedado muy delgada —excesivamente delgada, en mi opinión—, y cuando veo que tiene un día bueno, hago todo lo posible para que coma hasta reventar.

Pero aquí es donde acaban las similitudes. Por eso algunos consideran que Allie es un milagro, porque a veces, solo a veces, después de que yo le lea en voz alta, su condición no es tan mala. No existe ninguna explicación para ello. «Es imposible. Quizá no tenga alzhéimer», sostienen los médicos. Pero lo tiene. La mayoría de los días, y todas las mañanas, no queda lugar a dudas. Y aquí sí que todos coinciden.

Pero entonces, ¿por qué su condición es diferente? ¿Por qué a veces cambia cuando le leo en voz alta? A los médicos les explico la razón. Estoy completamente convencido, pero no me creen; ellos prefieren buscar respuestas científicas. Cuatro veces han venido a verla especialistas desde Chapel Hill, en busca de la respuesta, y cuatro veces se han marchado sin hallarla. Yo les digo: «Si os limitáis a vuestros conocimientos y a vuestros manuales médicos, es muy difícil que lleguéis a entenderlo», pero ellos niegan efusivamente con la cabeza y objetan de forma tajante: «El alzhéimer no funciona así; en su estado, no es posible mantener una conversación ni mostrar una mejoría a medida que pasa el día. Jamás».

Y a pesar de todo, ella lo consigue. No cada día, no la mayoría de los días, y definitivamente menos que hace un tiempo. Pero a veces sí. Y en esos días, lo único que le falla es la memoria, como si padeciera amnesia. Pero sus emociones son normales, sus pensamientos son normales. Y en esos días, sé que lo estoy haciendo bien.

Cuando regresamos, tenemos la mesa preparada en su habitación. Lo han dispuesto todo para que cenemos allí, como siempre hacen en días como este, y de nuevo pienso que no podría pedir más. El personal se ocupa de todo. Todos se portan muy bien conmigo, y les estoy agradecido.

La habitación está iluminada tenuemente por dos velas que nos dan la bienvenida desde la mesa y suena una suave música de fondo. Los vasos y los platos son de plástico, y la jarra está llena de zumo de manzana, pero las normas son las normas y a ella no parece importarle. Suspira levemente ante aquella sugestiva escena, con los ojos muy abiertos.

—¿Lo has preparado tú?

Hago un gesto afirmativo con la cabeza y ella entra en la habitación.

—Es precioso.

Le ofrezco mi brazo a modo de escolta y la guío hasta la ventana. Ella no me suelta. Su tacto es agradable, y nos quedamos presenciando el bello atardecer primaveral a través del cristal. La ventana está levemente abierta, y noto la brisa que me acaricia la mejilla. La luna ha iniciado su lento ascenso y la contemplamos durante un largo rato mientras se va desplegando el cielo nocturno.

—Nunca había visto nada tan bonito —dice. Estoy totalmente de acuerdo.

—Yo tampoco —respondo, pero yo la miro a ella. Ella sabe a qué me refiero y sonríe.

Un instante más tarde, susurra:

—Creo que sé con quien se queda Allie al final de la historia.

—¿Ah, sí?

—Sí.

—¿Con quién?

—Con Noah.

—¿Estás segura?

—Completamente segura.

Yo sonrío y asiento levemente con la cabeza.

—Así es —digo con suavidad, y me devuelve la sonrisa. Su rostro está radiante.

Aparto su silla, con dificultad, ella se sienta y yo lo hago delante de ella. Me ofrece su mano por encima de la mesa; yo la tomo entre las mías y noto que empieza a mover el pulgar tal y como siempre hacía muchos años atrás. Me la quedo mirando un buen rato, sin hablar, viviendo y reviviendo momentos de mi existencia, recordándolos claramente. Se me forma un nudo en la garganta, y de nuevo me doy cuenta de lo mucho que la quiero. Mi voz tiembla cuando me decido a hablar:

—Eres preciosa —le declaro. En sus ojos puedo ver que sabe lo que siento por ella y lo que intento expresar con mis palabras.

Ella no contesta. Baja la vista y me pregunto en qué estará pensando. No me da ninguna pista, y le aprieto la mano con ternura. Espero, con paciencia e ilusión; la conozco bien y sé que estoy a punto de lograrlo.

Y entonces... Otro milagro que prueba que tengo razón.

Mientras Glenn Miller toca suavemente en la habitación iluminada por las velas, me doy cuenta de que ella va cediendo gradualmente a sus sentimientos. Veo la cálida sonrisa que empieza a formarse en sus labios, un gesto que lo compensa todo, y la contemplo mientras alza sus ojos risueños hacia mí. Tira de mi mano, la acerca a su corazón.

—Eres maravilloso... —susurra, y en ese momento se enamora de mí; lo sé, he visto las señales mil veces antes.

Ella no dice nada más, no tiene que hacerlo, y me mira de un modo especial, con unos ojos de otra época que hacen que me sienta otra vez completo. Sonrío con tanta pasión como soy capaz de expresar, y nos quedamos mirándonos mientras nos invade un mar de emociones. Miro a mi alrededor, luego alzo la vista hacia el techo antes de volver a fijarla en Allie, y me siento reconfortado por el modo en que me contempla. Y súbitamente me siento joven de nuevo. Ya no me aquejan el frío ni el dolor, ni estoy encorvado ni deformado, ni casi ciego a causa de las cataratas que me nublan los ojos.

Me siento fuerte y orgulloso, el hombre más afortunado sobre la faz de la tierra, una impresión que se prolonga durante un largo rato.

Cuando ya casi se ha consumido una tercera parte de las velas, estoy listo para romper el silencio.

—Te quiero con toda mi alma —le digo—. Espero que lo sepas.

—Sí, lo sé —contesta sin aliento—. Yo también. Siempre te he querido, Noah.

«Noah... Noah...», oigo de nuevo. Mi nombre resuena en mi cabeza. «Noah... Noah...», y me digo: «Lo sabe; sabe quién soy».

Lo sabe...

Este reconocimiento parece un detalle insignificante, y en cambio para mí es un regalo de Dios. Siento el peso de toda nuestra vida juntos, siempre a su lado, apoyándola, amándola, compartiendo con ella los mejores momentos.

—Noah... mi dulce Noah... —murmura.

Y yo, que me negaba a aceptar el dictamen del médico, he vuelto a triunfar, al menos por un momento. Abandono mi fingida actitud misteriosa, le beso la mano y me la llevo a la mejilla.

—Eres lo mejor que me ha pasado en la vida —le susurro al oído.

—Oh... Noah... —suspira ella, con lágrimas en los ojos—. Yo también te quiero.

Si nuestra historia pudiera acabar así, me consideraría un hombre feliz.

Pero no acabará así, lo sé, porque de repente detecto señales de preocupación en su cara.

—¿Qué sucede? —le pregunto, y su respuesta llega con suavidad.

—Tengo tanto miedo... tanto miedo de volver a olvidarte. No es justo... No puedo soportar que la enfermedad me venza de nuevo.

Su voz se quiebra, y yo no sé qué decir. Sé que la velada tocará a su fin, y no hay nada que pueda hacer para evitar lo inevitable. Llegados a este punto, siento el amargo sabor de la derrota.

—Nunca te dejaré —digo finalmente—. Nuestro amor es eterno.

Ella sabe que es todo lo que puedo decir, porque ninguno de los dos quiere promesas falsas. Pero por la forma en que me mira, sé que una vez más desea que existiera alguna solución.

Los grillos amenizan la cena con una serenata. Ni ella ni yo tenemos hambre, pero procuro dar algo de ejemplo y ella me imita. Toma pequeños bocados que mastica largamente, pero me alegro de verla comer. Ha perdido tanto peso en los tres últimos meses...

Después de la cena, me invade el miedo, a pesar de que intento controlarlo. Sé que debería sentirme arrebatado de dicha, ya que esta velada es la prueba de que nuestro amor nunca morirá, pero sé que por esta noche ya han doblado las campanas. Hace rato que el sol se ha puesto y el ladrón está a punto de llegar, y no hay nada que pueda hacer para detenerlo. Así que la miro y espero y vivo una vida entera en estos últimos momentos que nos quedan.

Nada.

El reloj marca los segundos.

Nada.

La estrecho entre mis brazos y nos quedamos así, abrazados.

Nada.

La siento temblar y le susurro al oído.

Nada.

Le digo una vez más que la quiero.

Y el ladrón hace acto de presencia.

Siempre me sorprende con qué rapidez sucede todo. Incluso ahora, después de tantas veces, ya que, mientras me abraza, empieza a pestañear frenéticamente y a sacudir la cabeza. Entonces se vuelve hacia un rincón de la habitación y se queda un buen rato con la vista fija en un punto, con cara de preocupación.

«¡No! —grita mi mente—. ¡Todavía no, por favor! ¡Ahora que estábamos tan cerca! ¡Esta noche no! Cualquier noche menos esta... por favor... ¡No puedo soportarlo de nuevo! No es justo... no es justo...»

Pero una vez más, todas mis plegarias son en vano.

—Esa... esa gente me está... me está mirando —empieza a balbucear, señalando un rincón—. Por favor, diles que se marchen.

Los gnomos.

Un enorme vacío se instala en mi estómago, un vacío desagradable, duro, que llena todo mi ser. Contengo la respiración un momento y entonces lo noto de nuevo, esta vez más profundo. Se me seca la boca y siento que se me desboca el corazón. Se acabó, lo sé, no hay duda. Ha llegado el síndrome vespertino. Este período de confusión nocturna asociado a la enfermedad de Alzhéimer que afecta a mi esposa es la parte más dura, ya que, cuando llega, ella pierde el mundo de vista, y a veces me pregunto si volveremos a amarnos otra vez.

—No hay nadie, Allie —digo, intentando eludir lo inevitable. Ella no me cree.

—Me están mirando fijamente.

—No —susurro al tiempo que sacudo la cabeza.

—¿Tú no los ves?

—No —respondo, y se queda pensativa un momento.

—Pues te aseguro que están ahí —afirma, y me aparta de un empujón—. Y no paran de mirarme.

Acto seguido, empieza a hablar consigo misma, y unos momentos más tarde, cuando intento calmarla, me mira asustada, con los ojos muy abiertos.

—¿Quién eres? —grita con pánico en la voz, y palidece—. ¿Qué haces aquí? —El miedo se acrecienta en su interior, y eso me duele, porque no hay nada que pueda hacer. Se va alejando, retrocede con las manos en posición defensiva, y entonces suelta las palabras más desgarradoras—: ¡Vete! ¡Aléjate de mí! —grita. Intenta apartar a los gnomos, aterrorizada, sin darse cuenta de mi presencia.

Cruzo la habitación hacia su cama. Me siento débil, me fallan las piernas y noto un extraño dolor en el costado. No sé de dónde viene. Tengo que realizar un verdadero esfuerzo para apretar el botón y llamar a las enfermeras, ya que mis dedos palpitan y no me obedecen, pero al final lo consigo. Pronto llegarán, lo sé, y permanezco a la espera. Mientras tanto, no aparto los ojos de mi esposa.

Diez...

Veinte...

Pasan treinta segundos, y continúo observándola, sin perder detalle, recordando los momentos mágicos que acabamos de compartir. Pero ahora ella ni siquiera me mira, y la visión de su lucha contra enemigos invisibles me hipnotiza.

Me siento en la cama con la espalda dolorida y rompo a llorar mientras agarro el cuaderno. Allie ni se da cuenta. Lo comprendo, su mente desvaría.

Caen dos hojas al suelo y me inclino para recogerlas. Estoy exhausto, así que decido quedarme allí, solo y apartado de mi esposa. Y cuando las enfermeras entran, ven a dos personas a las que han de consolar: una mujer que tiembla de miedo por los demonios que plagan su mente, y el anciano que la ama más que a su propia vida y que llora silenciosamente en un rincón, con la cara entre las manos.

El resto de la noche lo paso solo, en mi habitación. Mi puerta está parcialmente abierta y veo la gente que pasa por el pasillo, algunos desconocidos, algunos amigos, y si me concentro, capto sus conversaciones sobre la familia, el trabajo y las excursiones a algún parque. Conversaciones normales, nada más, pero descubro que los envidio, que envidio su comunicación distendida. Otro pecado mortal, lo sé, pero a veces no puedo remediarlo.

El doctor Barnwell también está aquí, hablando con una enfermera, y me pregunto quién puede estar tan enfermo como para requerir su presencia a estas horas. El doctor Barnwell trabaja demasiado, y a veces se lo recuerdo. Le digo: «Dedique más tiempo a su familia, no siempre estarán a su lado», pero él no me hace caso. Me contesta que tiene que ocuparse de sus pacientes y que su obligación es estar siempre disponible cuando lo llaman. Alega que no puede remediarlo, pero eso lo convierte en un hombre dividido por esa grave contradicción. Quiere ser un médico completamente entregado a sus pacientes y un hombre completamente dedicado a la familia. No puede ser ambas cosas, ya que no hay suficientes horas, pero todavía tiene que aprender esa lección. Mientras su voz se pierde en el pasillo, me pregunto qué elegirá al final o si, por desgracia, la elección le vendrá dada.

Me siento en el sillón, junto a la ventana, y me pongo a pensar en lo que ha pasado hoy. Me he sentido feliz y triste, maravillado y destrozado. Mis contradictorias emociones me han mantenido en silencio durante bastantes horas. Hoy no he ido a leer a nadie; no podía, ya que una introspección poética me habría puesto al borde de las lágrimas. El tiempo pasa, y el pasillo se va quedando en silencio salvo por los pasos sosegados de los celadores nocturnos. A las once oigo los sonidos familiares que, por alguna razón, ya esperaba: los pasos que tan bien conozco.

El doctor Barnwell asoma la cabeza.

—He visto que todavía tenía la luz encendida. ¿Puedo pasar?

—No —contesto, sacudiendo la cabeza.

Él entra y echa un vistazo a la habitación antes de tomar asiento cerca de mí.

—Me han dicho que hoy ha pasado un buen día con Allie. —Sonríe. Está intrigado por nosotros y por la relación que mantenemos. No sé si su interés es estrictamente profesional.

—Supongo que sí.

Ladea la cabeza ante mi respuesta y me mira.

—¿Se encuentra bien, Noah? Parece un poco decaído.

—Estoy bien, solo un poco cansado.

—¿Cómo se ha encontrado Allie hoy?

—Bien. Hemos estado hablando casi cuatro horas.

—¿Cuatro horas? Noah, eso es... increíble.

Solo puedo asentir con la cabeza. Él continúa, al tiempo que sacude efusivamente la cabeza.

—Nunca había oído nada similar, no señor. Supongo que es el milagro del amor. Están hechos el uno para el otro. Está claro que Allie lo ama con todo su corazón. Es consciente de ello, ¿verdad?

—Lo sé —contesto, pero no añado nada más.

—¿Qué le preocupa, Noah? ¿Acaso Allie ha dicho o ha hecho algo que ha herido sus sentimientos?

—No, al contrario, ha estado maravillosa. Solo es que... en estos momentos me siento... solo.

—¿Solo?

—Sí.

—Nadie está solo.

—Yo estoy solo —repito mientras echo un vistazo al reloj y pienso en la familia del doctor Barnwell, durmiendo en una casa silenciosa, el lugar donde él debería estar—. Y usted también.

Y

Los siguientes días transcurrieron sin novedades. Allie no me reconocía, y admito que yo tampoco le prestaba mucha atención, ya que mis pensamientos estaban anclados en aquel último día que habíamos pasado juntos. A pesar de que el final siempre llega demasiado pronto, ese día no desaprovechamos ni un solo momento, los disfrutamos todos, y me sentía feliz de haber recibido una vez más esa bendición.

Al cabo de una semana mi vida había vuelto a la normalidad, o al menos a la normalidad que podía aspirar de mi vida en este lugar, en la residencia. Leer para Allie y para otros residentes, deambular por los pasillos, permanecer despierto prácticamente durante toda la noche, sentarme junto a la estufa por la mañana... La verdad es que encuentro un extraño consuelo en la rutina de mis jornadas.

En una mañana fría y nublada, ocho días después de haber disfrutado de aquella tarde tan especial, me desperté temprano, como de costumbre, y me dediqué a curiosear cerca del escritorio, mirando fotos y leyendo cartas escritas muchos años atrás. Al menos lo intenté. Me costaba concentrarme por culpa de una dolorosa jaqueca, así que dejé las cartas y me senté en el sillón junto a la ventana para ver cómo salía el sol. Allie se despertaría en un par de horas, y quería reposar, ya que sabía que el acto de leer durante todo el día no haría sino incrementar el dolor de cabeza.

Cerré los ojos unos minutos mientras notaba los pinchazos en las sienes, que se intensificaban y luego remitían, y cuando los abrí de nuevo vi a mi viejo amigo, el río, que discurría plácidamente junto a la ventana. A diferencia de Allie, a mí me habían dado una habitación con vistas al río, una panorámica que siempre he encontrado inspiradora. Es una contradicción —este río, me refiero—; cientos de miles de años de existencia, pero sus aguas se renuevan cada vez que llueve. Se lo comenté esa mañana, entre susurros, para que pudiera oírme:

—Qué suerte tienes, viejo amigo, y yo también tengo suerte, suerte de ver nacer cada nuevo día junto a ti.

Las ondas se rizaron un poco más, como para indicar que estaban de acuerdo, mientras el pálido brillo de la luz matinal reflejaba el mundo que compartimos, el río y yo, fluyendo, deteniéndose, retrocediendo... «Así es la vida, igual que las aguas de un río», pensé. Un hombre puede aprender muchas cosas de la naturaleza.

Sucedió estando yo sentado en el sillón, mientras el sol despuntaba sobre la línea del horizonte. Empecé a notar un extraño cosquilleo en la mano, una sensación que jamás había notado antes. Quise alzarla, pero no pude, y sentí unos latidos en la cabeza, como si alguien me estuviera golpeando con un martillo. Cerré los ojos y apreté los párpados con fuerza. El hormigueo cesó, pero la mano se me adormeció de repente, como si me hubieran segado los nervios del brazo. Noté que perdía el movimiento de la muñeca al tiempo que se intensificaba el dolor de cabeza, que parecía extenderse por el cuello hacia cada célula de mi cuerpo, como un maremoto arrollador, inhabilitando todo a su paso.

De repente me quedé ciego, oí algo parecido a un tren descarrilando a escasos centímetros de mi cabeza, y supe que estaba sufriendo una embolia. El dolor se extendía por mi cuerpo como un rayo, y en mis últimos momentos de lucidez, vi a Allie, tumbada en su cama, esperando oír la historia que yo ya no podría contarle, perdida y confundida, totalmente incapaz de valerse por sí misma. Igual que yo.

Mientras mis ojos se cerraban por última vez, me recriminé a mí mismo: «¡Dios mío! ¿Qué he hecho?».

Me pasé varios días debatiéndome entre un estado de consciencia e inconsciencia, y en los momentos de lucidez, observaba los aparatos a los que mi cuerpo estaba conectado, los tubos que me entraban por las fosas nasales hasta la garganta y las dos bolsas de líquido que colgaban cerca de la cama. Oía el leve zumbido de las máquinas, que se conectaban y desconectaban, a veces rugiendo de un modo desconcertante. Una de ellas, que emitía pitidos al son de mi ritmo cardíaco, me provocaba un extraño sopor e, irremediablemente, continuamente caía sumido en un inevitable letargo.

Los médicos estaban preocupados. A través de los párpados entornados detectaba la inquietud de sus rostros mientras examinaban los gráficos y ajustaban los aparatos. Comentaban sus temores entre susurros, creyendo que yo no los oía. «Un infarto cerebral siempre es grave —decían—, pero sobre todo en una persona de su edad. Las consecuencias pueden ser muy severas.»

Sus expresiones taciturnas eran un vivo anticipo de sus predicciones: «Pérdida del habla, pérdida de movimiento, parálisis». Otra anotación en los gráficos, otro pitido de una máquina extraña, y luego se iban, sin saber que yo había oído cada una de sus palabras. Intentaba no pensar en sus comentarios para poder concentrarme en Allie, representándomela mentalmente siempre que podía. Me esforcé al máximo por vincular su vida a la mía, para que de nuevo fuéramos uno. Intentaba percibir su tacto, su voz, su cara, y cuando lo lograba, las lágrimas me inundaban los ojos porque no sabía si volvería a abrazarla otra vez, a susurrarle al oído, a pasar el día con ella hablando, leyendo y paseando. Yo no había imaginado, ni había deseado, aquel final; normalmente pensaba que me iría de este mundo después de ella. Nuestra historia no podía acabar así.

Seguí debatiéndome en ese estado de consciencia e inconsciencia durante días hasta otra mañana nublada, cuando mi promesa a Allie logró insuflar vida a mi cuerpo otra vez. Abrí los ojos y vi la habitación llena de flores, y su aroma me motivó aún más. Busqué el timbre, me costó horrores apretar el botón, y una enfermera se presentó treinta segundos más tarde, seguida de cerca por el doctor Barnwell, quien sonrió casi inmediatamente.

—Tengo sed —dije con voz carrasposa, y el doctor Barnwell sonrió de oreja a oreja.

—Bienvenido de nuevo a la vida —me congratuló—. Sabía que lo lograría.

Dos semanas más tarde, ya estoy listo para abandonar el hospital, aunque ahora solo sea la mitad del hombre que era. Si fuera un Cadillac, me movería en círculos, con una rueda girando sobre su propio eje, ya que la parte derecha de mi cuerpo ha quedado más débil que la izquierda. Me dicen que he tenido suerte, ya que la parálisis podría haber sido total. A veces creo que estoy rodeado de optimistas.

Las malas noticias son que mis manos no me permiten usar bastón ni silla de ruedas, así que he de apañarme con mi cadencia particular para mantenerme erguido. Nada de izquierda-derecha-izquierda como era normal en mi juventud, ni tan solo el arrastre-arrastre de los últimos tiempos, sino más bien un arrastre-lento, desliza-a-la-derecha, arrastre-lento. Verme recorrer los pasillos es todo un espectáculo. Es una marcha demasiado lenta, incluso para mí, que hace dos semanas no habría podido ni adelantar a una tortuga.

Ya es tarde cuando llego a la residencia, y al entrar en mi habitación sé que no podré dormir. Respiro hondo y huelo las fragancias primaverales que inundan el espacio. Han dejado la ventana entreabierta, y aquí dentro hace un poco de frío. El cambio de temperatura me reaviva. Evelyn, una de las tantas enfermeras a las que triplico en edad, me ayuda a sentarme en el sillón junto a la ventana y luego se dispone a cerrarla, pero yo la detengo, y a pesar de que ella enarca las cejas, acepta mi decisión. Oigo que abre un cajón y al cabo de un momento tengo un jersey sobre los hombros. Ella me arropa como si fuera un niño pequeño y, cuando termina, apoya una mano sobre mi hombro y me da unas palmaditas de afecto. No dice nada, y por su silencio sé que está mirando por la ventana. Se queda inmóvil durante un largo rato y por un momento me cuestiono qué estará pensando, pero no se lo pregunto. Al cabo, la oigo suspirar. Da media vuelta para marcharse, pero antes, se inclina hacia mí y me besa en la mejilla, con ternura, como lo hace mi nieta. Me quedo sorprendido ante tal reacción, y ella dice en voz baja:

—Me alegro de que esté de vuelta. Allie lo ha echado mucho de menos, igual que los demás. Todos rezábamos para que se recuperara; este sitio no es el mismo sin usted. —Me sonríe y me acaricia la cara antes de marcharse. Yo no digo nada. Más tarde, la oigo pasar de nuevo por el pasillo, empujando un carrito y hablando con otra enfermera entre susurros.

Esta noche han salido las estrellas y el mundo resplandece con una luz espectral. Los grillos, con su canto, ahogan cualquier otro sonido. Aquí sentado, me pregunto si todos pueden verme desde el exterior, si pueden ver a este prisionero de su propio cuerpo. Observo los árboles, el patio, los bancos cerca de los gansos, en busca de señales de vida, pero no detecto nada. Incluso las aguas del río permanecen inmóviles. En medio de la oscuridad, parece un espacio vacío, y sin poder remediarlo, me siento atraído por su misterio. Lo contemplo durante horas, y mientras lo hago, veo el reflejo de las nubes en el agua. Se aproxima una tormenta y el cielo no tardará en adquirir un tono plateado, como si otra vez fuera el atardecer.

Un relámpago rasga el cielo y noto que mi mente vaga a la deriva. ¿Quiénes somos, Allie y yo? ¿Somos una vieja hiedra enrollada a un ciprés, con los zarcillos y las ramas tan estrechamente entrelazados que ambos moriríamos si intentaran separarnos? No lo sé. Otro relámpago ilumina la mesa lo suficiente para permitirme distinguir una foto de Allie, la mejor que tengo. Hace años la hice enmarcar con la esperanza de evitar su deterioro. La cojo y me la acerco hasta escasos centímetros de la cara. La miro durante un buen rato; no puedo evitarlo. Ella tenía cuarenta y un años cuando se la hizo, y nunca había estado tan hermosa. Hay tantas cosas que quisiera preguntarle... Pero sé que la foto no me contestará, así que vuelvo a depositarla sobre la mesa.

Aunque Allie está al final del pasillo, esta noche me siento solo. Siempre estaré solo. Pensaba en eso cuando yacía tumbado en el hospital, y ahora, mientras miro por la ventana y veo cómo se forman las nubes de tormenta, estoy totalmente seguro de ello. Aunque intento evitarlo, me siento triste por nuestra situación, y lamento no haberla besado en los labios la última vez que estuvimos juntos. Quizá nunca más vuelva a besarla; con esta enfermedad, nunca se sabe. Pero ¿por qué pienso en estas cosas?

Al final, me levanto y avanzo hasta el escritorio y enciendo la luz. La acción requiere más esfuerzo del que había previsto, y me quedo exhausto, así que no regreso al sillón junto a la ventana. Me siento en la silla y me paso unos minutos contemplando las fotos que hay sobre la mesa. Recuerdos de familia, instantáneas de los niños y de las vacaciones. Imágenes en las que aparecemos Allie y yo. Pienso en todo el tiempo que hemos estado juntos, solos o con familia, y de nuevo soy consciente de mi vejez.

Abro un cajón y encuentro las flores que le di un día, mucho tiempo atrás: viejas, marchitas, atadas con una cinta. Ellas, al igual que yo, están secas y quebradizas, y es difícil manipularlas sin romperlas. Pero Allie las conservó. «No sé para qué las guardas», le dije en una ocasión, pero ella no me hizo caso. Y a veces, por las noches, veía que ella las sostenía entre las manos, casi de forma reverente, como si encerraran el secreto de la vida. Mujeres.

Puesto que, por lo visto, esta va a ser una noche de recuerdos, busco y encuentro mi alianza de boda. Está en el cajón superior, envuelta en una servilleta de papel. Ya no me la puedo poner porque tengo las articulaciones muy hinchadas y los dedos deformados. La desenvuelvo y veo que no ha cambiado. Es un aro poderoso, un símbolo maravilloso, y al contemplarlo sé que no podría haber habido otra mujer, lo sé. Lo supe entonces y lo sé ahora. Y en ese momento susurro con ilusión: «Todavía soy tuyo, Allie, mi reina, la siempre bella. Eres, y siempre has sido, lo mejor de mi vida».

Me pregunto si ella me oye cuando hago esta declaración y espero una señal, pero no obtengo ninguna.

Son las once y media; busco la carta que ella me escribió, la que leo cuando me siento con ánimos. La encuentro en el mismo sitio donde la dejé la última vez. Antes de abrirla, le doy la vuelta al sobre un par de veces, y cuando finalmente me decido, mis manos empiezan a temblar. Finalmente leo:

> Querido Noah:
>
> Escribo esta carta a la luz de la vela mientras tú duermes en la habitación que hemos compartido desde el día que nos casamos. A pesar de que no llego a oír tu respiración profunda, sé que estás aquí, y pronto me acostaré a tu lado, como todos los días; tu calidez y tu compañía me confortarán, y tu respiración me guiará lentamente hacia el lugar donde sueño contigo, con el ser maravilloso que eres.
>
> Veo la llama a mi lado, que me trae recuerdos de otro fuego anterior: el de aquel día que yo llevaba tu ropa suave y tú tus pantalones vaqueros. En ese momento supe que siempre estaríamos juntos, a pesar de que a la mañana siguiente me despedí de ti. Mi corazón había quedado cautivo, apresado por un poeta del Sur, y en el fondo sabía que siempre había sido tuya. ¿Quién era yo para cuestionar un amor que estaba escrito en las estrellas y que rugía como las olas del mar? Porque así era entonces, y así sigue siendo hoy.
>
> Recuerdo cuando regresé a ti al día siguiente, después de la visita de mi madre. Estaba muy asustada, más de lo que nunca había estado, porque pensaba que jamás me perdonarías por ha-

berte abandonado. Recuerdo que estaba temblando cuando salí del coche, pero tú borraste todos mis temores de un plumazo con tu sonrisa; me tendiste la mano y solo me dijiste: «¿Te apetece una taza de café?». Y en todos estos años que hemos pasado juntos, nunca has vuelto a mencionar el tema.

Tampoco me cuestionaste cuando, en los días que siguieron, salía a pasear sola. Y cuando regresaba con lágrimas en los ojos, siempre parecías saber si necesitaba un abrazo o que me dejaras a solas conmigo misma. No sé cómo lo intuías, pero lo cierto es que me facilitaste mucho las cosas. Y después, cuando fuimos a la pequeña capilla e intercambiamos los anillos mientras hacíamos nuestros votos matrimoniales, te miré a los ojos y comprendí que había tomado la decisión correcta. Pero, más que nada, supe que había sido una verdadera estúpida por haber considerado siquiera la posibilidad de casarme con otro hombre. Desde entonces, jamás he tenido dudas respecto a ti.

Juntos hemos gozado de una vida maravillosa, y últimamente pienso mucho en eso. A veces cierro los ojos y te veo con tus primeras canas, sentado en el porche y tocando la guitarra mientras nuestros hijos juegan y van siguiendo con las palmas el compás de la música que tú creas para ellos. Llevas la ropa manchada de tantas horas de trabajo y se te ve cansado, y aunque te animo a que te tomes un respiro para relajarte, sonríes y dices: «Pero si eso es lo que estoy haciendo ahora». El amor que demuestras hacia nuestros hijos es un poderoso estímulo que me enardece. «Eres mejor padre de lo que crees», te digo más tarde, cuando los niños ya están dormidos. Un poco después, nos quitamos la ropa, nos besamos, casi nos perdemos el uno en brazos del otro antes de deslizarnos bajo las sábanas de franela.

Te amo por un millón de motivos, sobre todo por tus pasiones —amor, poesía, paternidad, amistad, belleza y naturaleza—, que han aportado estabilidad y perfección a nuestras vidas, y me alegra que les hayas inculcado esos valores a nuestros hijos, porque sé que sus vidas son mucho mejores gracias a tus enseñanzas. Me cuentan lo especial que eres para ellos, y cada vez que lo hacen, me siento la mujer más afortunada del mundo.

También me has enseñado a mí, me has inspirado y apoyado en mi pasión por la pintura, y no te imaginas lo mucho que eso ha significado para mí. Mis obras están expuestas en museos y en colecciones privadas, y a pesar de que ha habido momentos en que me he sentido agotada y desmoralizada por las exposiciones y las críticas, siempre has estado a mi lado, animándome con palabras de apoyo. Comprendiste mi necesidad de disponer de mi propio estudio, de mi propio espacio, y supiste ver más allá de la pintura que me manchaba la ropa y el pelo, y a veces también el mobiliario. Sé que no fue fácil. Se necesita mucho coraje para lograrlo, Noah, para convivir con esa clase de realidad. Pero tú lo has hecho. Durante cuarenta y cinco años. Unos años maravillosos.

Eres mi mejor amigo y además eres mi amante, y no sé qué parte de ti me gusta más. Valoro muchísimo tus dos facetas, del mismo modo que valoro nuestra vida en común. Posees algo poderoso, bello, innato. Cuando te miro, veo lo mismo que todo el mundo aprecia en ti: bondad. Eres el hombre más pacífico y menos rencoroso que conozco. Estás tocado por la gracia de Dios; has de estarlo, ya que eres lo más cercano a un ángel que jamás he conocido.

Sé que pensaste que estaba loca por querer que escribiéramos nuestra historia antes de marcharnos para siempre de nuestra casa, pero tengo mis motivos, y te doy las gracias por tu paciencia. Tú me preguntaste la razón, y nunca te contesté; sin embargo, creo que ahora ha llegado el momento de que lo sepas.

Hemos vivido una vida que la mayoría de las parejas nunca llega a conocer ni a experimentar, y sin embargo, cuando te miro, me asusta pensar que todo esto pronto se acabará, porque ambos sabemos cuál es mi diagnóstico y lo que supone para ambos. Veo tus lágrimas y me preocupo más por ti que por mí, porque me asusta el dolor que sé que tendrás que soportar. No tengo palabras para expresar la pena que me provoca esta certeza; de verdad, no puedo expresarlo con palabras.

Te amo tanto, tan profundamente, que encontraré una forma de regresar a ti a pesar de mi enfermedad, te lo prometo. Y ahí es donde nuestra historia desempeña un papel primordial. Cuando esté perdida y sola, léeme esta historia —igual que se la contaste a nuestros hijos— y sé que de algún modo sabré que habla de nosotros. Y quizá, solo quizá, encontraremos una forma de estar juntos de nuevo.

Por favor, no te enojes conmigo los días que no te reconozca, porque ambos sabemos que esos días llegarán. Has de saber que te quiero, que siempre te querré, y que pase lo que pase, me siento dichosa de poder afirmar que he gozado de la mejor vida posible, una vida junto a ti.

Y si guardas esta carta y vuelves a leerla, quiero que la interpretes como si te la acabara de escribir. Estés donde estés, siempre te amaré. Te amo mientras escribo estas líneas, y te amo ahora mientras las lees. Y siento muchísimo no ser ya capaz de decírtelo... Te amo profundamente, esposo mío. Eres, y siempre serás, mi sueño.

ALLIE

Cuando termino de leer la carta, me levanto para calzarme las zapatillas. Están cerca de la cama, y tengo que sentarme para ponérmelas. A continuación vuelvo a levantarme, cruzo la habitación y abro la puerta para echar un vistazo al pasillo, donde veo a Janice sentada detrás del mostrador central (bueno, al menos creo que es Janice). He de pasar por delante de ese mostrador para llegar a la habitación de Allie, pero a estas horas sé que no puedo salir de mi cuarto, y Janice nunca se ha mostrado dispuesta a saltarse las normas. Su esposo es abogado.

Espero a ver si se marcha, pero no se mueve de su sitio, y empiezo a impacientarme. Al cabo, decido salir de mi cuarto, arrastre-lento, desliza-a-la-derecha, arrastre-lento. Tardo una eternidad en cubrir la distancia, pero afortunadamente ella no se da cuenta de que me acerco. Avanzo con sigilo, como una pantera silenciosa a través de la selva, y soy tan invisible como una mosca.

Al final me descubre, pero yo no me muestro sorprendido. Me quedo plantado delante de ella.

—¿Qué está haciendo aquí, Noah?

—Dar un paseo; no podía dormir.

—Sabe que no puede salir de su habitación, ¿verdad?

—Sí.

Sin embargo, no me muevo. La miro con determinación.

—Me parece que no ha salido a dar un paseo, ¿no es cierto? Quiere ir a ver a Allie.

—Sí —contesto.

—Pero ya sabe lo que pasó la última vez que la visitó por la noche.

—Lo recuerdo.

—Entonces supongo que ya sabe que no debería volver a intentarlo.

No contesto directamente. En vez de eso, digo:

—La echo mucho de menos.

—Lo sé, pero no puedo permitir que vaya a verla.

—Es nuestro aniversario, ¿sabe? De verdad. Falta un año para nuestras bodas de oro. Hoy hace cuarenta y nueve años que nos casamos.

—Entiendo.

—Entonces, ¿puedo ir a verla?

Ella desvía la vista un momento y su voz cambia. Me sorprendo al constatar que ahora me habla con más suavidad; nunca me ha parecido una persona romántica.

—Llevo cinco años trabajando aquí, y antes había trabajado en otra residencia. He visto cientos de parejas combatiendo la tristeza y la pena, pero jamás había visto a nadie con su coraje. Ni los médicos, ni las enfermeras, ni el resto del personal que trabaja aquí han visto nada igual.

Hace una breve pausa e, inesperadamente, los ojos se le llenan de lágrimas. Se las seca con un dedo y prosigue:

—Intento imaginar lo que esto supone para usted, Noah, me refiero a tener que repetir el ritual cada día, pero no puedo hacerme a la idea. No sé cómo lo consigue; incluso a veces logra vencer su enfermedad. Aunque los médicos no lo entiendan, nosotras, las enfermeras, sí. Es amor, pura y simplemente amor. Es lo más increíble que he visto jamás.

No puedo hablar; noto un nudo en la garganta.

—No obstante, no puede ir a visitarla ahora, Noah; las normas son las normas, y yo no puedo dejar que lo haga, así que regrese a su cuarto, ¿de acuerdo? —Entonces, sonriendo pícaramente y examinando con aire distraído unas notas que hay sobre el mostrador, añade—: Yo iré a buscar una taza de café. Tardaré un poco en volver, así que no podré vigilarlo durante un rato. No cometa ninguna tontería, ¿entendido?

Acto seguido, se levanta, me acaricia el brazo cariñosamente y se aleja hacia las escaleras. No mira hacia atrás, y de repente me doy cuenta de que me he quedado solo. No sé qué pensar. Echo un vistazo al sitio que ella ocupaba hace tan solo unos instantes y veo su taza de café, una taza llena, todavía humeante, y de nuevo me doy cuenta de que en el mundo existe gente con un gran corazón.

Por primera vez en muchos años, no siento el frío en mi interior mientras me encamino hacia la habitación de Allie. Avanzo despacio y arrastrando los pies, e incluso noto que ese ritmo es peligroso, ya que mis piernas empiezan a acusar la fatiga. Tengo que ir apoyándome en la pared para no caerme. Las luces emiten un cadencioso zumbido sobre mi cabeza, y su resplandor me deslumbra, así que achico los ojos como un par de rendijas. Paso por delante de una docena de habitaciones a oscuras, habitaciones en las que en ocasiones he entrado para leer en voz alta, y pienso que echo de menos a sus ocupantes. Son mis amigos, unas caras que conozco muy bien, pero ya los veré a todos por la mañana; esta noche no, no tengo tiempo para hacer paradas por el camino. Me esfuerzo un poco más, y el movimiento impulsa la sangre a través de mis arterias secas. Noto que con cada nuevo paso voy recuperando las fuerzas. Una puerta se abre a mis espaldas, pero no oigo pasos, así que sigo avanzando. Ahora me siento más fuerte, nadie puede detenerme. El teléfono suena en el mostrador central y me impulso hacia delante para que no me pillen. Soy un bandido de medianoche, enmascarado y cabalgando veloz sobre mi corcel, recorriendo pueblos desérticos y silenciosos, enfrentándome a la luna amarilla con las alforjas llenas de polvo dorado. Soy joven y valiente, con el corazón arrebatado de pasión, y derribaré la puerta y la tomaré entre mis brazos y la llevaré al paraíso.

¿A quién intento engañar?

Ahora llevo una vida simple. Soy un insensato, un pobre viejo enamorado, un soñador que solo sueña con leer un cuaderno a Allie y estrecharle la mano cuando se tercia la ocasión. Soy un pecador con un montón de pecados y un hombre que cree en la magia, pero a estas alturas ya es demasiado tarde para cambiar y para que eso me importe.

Cuando finalmente llego a su habitación, mi cuerpo flaquea. Me tiemblan las piernas, todo lo veo borroso, y mi corazón palpita de una forma extraña en mi pecho. Forcejeo con el tirador y al final necesito recurrir a ambas manos realizando un sobreesfuerzo descomunal. La puerta se abre y la luz del pasillo se filtra en su interior, iluminando la cama donde ella duerme. Al verla, tengo la impresión de que solo soy un transeúnte en medio de una ajetreada calle de una gran ciudad, arrinconado para siempre.

En la habitación reina una calma absoluta. Ella está acostada, cubierta con el edredón hasta la cintura. Tras unos segundos, se gira hacia un lado y sus ruidos despiertan recuerdos de momentos felices. Ahí en la cama parece una figurita, y mientras la observo, pienso que nuestra historia ha tocado a su fin. Inhalo el aire enrarecido y me estremezco con un escalofrío. Este lugar se ha convertido en nuestra tumba.

Permanezco inmóvil durante casi un minuto, en el día de nuestro aniversario, y a pesar de que me muero de ganas de expresarle lo que siento, me quedo quieto para no despertarla. Además, está escrito en el trozo de papel que deslizaré debajo de su almohada. Dice así:

En estas últimas y tiernas horas,
el amor es sensible y totalmente puro.
Ven, luz del alba, ilumina suavemente,
despierta este amor que nunca morirá.

Me parece oír pasos en el pasillo, así que entro en su habitación y cierro la puerta detrás de mí. La oscuridad me envuelve y cruzo el espacio de memoria hasta llegar a la ventana. Abro las cortinas y la luna me mira, enorme y redonda, fiel centinela de la noche. Me vuelvo hacia Allie y sueño un millón de sueños, y a pesar de que sé que no debería hacerlo, me siento en su cama mientras deslizo la nota debajo de la almohada. Entonces alzo la mano y le acaricio la mejilla con ternura, con el tacto de una pluma. Le acaricio el pelo y me quedo sin aliento. Me siento extasiado, emocionado, como un compositor que acaba de descubrir la música de Mozart. Ella se despereza y abre los ojos, solo un poquito, y súbitamente me arrepiento de mi insensatez, ya que sé que se pondrá a chillar y a llorar, como hace siempre. Soy débil e impulsivo, lo sé, pero siento la inexcusable necesidad de probar lo imposible; me inclino hacia ella y acerco mi cara a la suya.

Y cuando sus labios rozan los míos, siento un extraño cosquilleo que nunca antes había sentido, en todos nuestros años juntos, pero no me aparto. Y de repente, un milagro, ya que noto su boca abierta y descubro un paraíso perdido, intacto, eterno como las estrellas. Siento la calidez de su cuerpo, y mientras nuestras lenguas se entrelazan, me permito un desliz, como en los viejos tiempos. Cierro los ojos y me convierto en un barco intrépido, osado e invencible en medio de un mar agitado, y ella es mi vela. Sigo el contorno de su mejilla con un dedo, con ternura, y luego tomo su mano entre las mías. La beso en los labios, en las mejillas, y oigo cómo ella inspira despacio. Entonces murmura con suavidad:

—Oh, Noah... Te he echado tanto de menos...

¡Otro milagro! ¡El más asombroso de todos! Y no hay

forma de que pueda contener las lágrimas mientras vamos resbalando hacia la gloria. En ese momento el mundo está lleno de magia, mientras noto cómo sus dedos buscan los botones de mi camisa y muy despacio, quizás incluso demasiado despacio, ella empieza a desabrocharlos uno por uno.

Agradecimientos

Esta historia es lo que es gracias a dos personas muy especiales, a quienes quiero agradecer su contribución.

A Theresa Park, la agente literaria que me sacó del anonimato. Gracias por tu paciencia, tu amabilidad y por las incontables horas que has dedicado a este proyecto. Siempre te estaré agradecido por todo lo que has hecho.

A Jamie Raab, mi editora. Gracias por tu sagacidad, tu sentido del humor y tu buen corazón. Has convertido esta experiencia en algo maravilloso para mí, y me siento muy honrado de poder considerarme tu amigo.

Retrato del autor: © Gasper Tringale

Nicholas Sparks

Nació en Estados Unidos en la Nochevieja de 1965. Su primer éxito, *El cuaderno de Noah,* ha sido llevado al cine en 2005, al igual que otras de sus aclamadas novelas como *Noches de tormenta, Querido John* y *La última canción,* todas ellas en **Roca**editorial.
Es autor de más de 15 obras que han sido traducidas y publicadas en 25 países
www.nicholassparks.es